《2019年中国新诗排行榜》编委会

主　编：谭五昌
副主编：远　岸　唐成茂　安娟英　许耀林（澳大利亚）

编委（排名不分先后）：

吉狄马加	叶延滨	曾凡华	黄亚洲	潞　潞
梁　平	张清华	陆　健	臧　棣	李少君
树　才	侯　马	龚学敏	高　兴	潇　潇
周庆荣	车延高	潘洗尘	阎　安	梁晓明
梁尔源	高　凯	祁　人	庄伟杰	阎　志
梅　尔	姜念光	汪剑钊	石　厉	冰　峰
雁　西	彭惊宇	鲁若迪基	李　云	刘以林
唐　晴	刘　川	沙　克	王霆章	李　强
韩庆成	唐　诗	田　禾	张　民	顾　北
周占林	南　鸥	保　保	唐德亮	罗　晖
王桂林	王芳闻	姚　风（澳门）		田　原（日本）

中国新诗

ZHONGGUO

XINSHI

PAIHANGBANG

排行榜

2019年

谭五昌 —————— 主编

陕西师范大学出版总社

图书代号：WX20N1027

图书在版编目（CIP）数据

2019年中国新诗排行榜 / 谭五昌主编. —西安：陕西师范大学出版总社有限公司，2020.6
ISBN 978-7-5695-1610-4

Ⅰ.①2… Ⅱ.①谭… Ⅲ.①诗集－中国－当代 Ⅳ.①I227

中国版本图书馆CIP数据核字（2020）第077929号

2019年中国新诗排行榜

谭五昌　主编

选题策划	刘东风　郭永新
责任编辑	张　佩
责任校对	舒　敏　王雅琨
封面设计	龚心宇
出版发行	陕西师范大学出版总社
	（西安市长安南路199号　邮编710062）
网　址	http://www.snupg.com
印　刷	西安市建明工贸有限责任公司
开　本	880mm×1230mm　1/32
印　张	15.25
插　页	1
字　数	190千
版　次	2020年6月第1版
印　次	2020年6月第1次印刷
印　数	1-2000
书　号	ISBN 978-7-5695-1610-4
定　价	59.00元

读者购书、书店添货或发现印刷装订问题，请与本公司营销部联系、调换。
电话：（029）85307864　85303629　传真：（029）85303879

2019年中国新诗之一瞥

2019年是新世纪诗歌第二个十年的末端年份。综观2019年的中国新诗创作,可以发现,它与往年的新诗创作面貌并无明显的变化,呈现出多元化的美学格局。从创作方法的宏观角度与层面来观察,我将2019年度的新诗创作归纳成现实主义、浪漫主义、古典主义、现代主义、后现代主义等五种美学向度。下面结合相关诗人的作品,对这五大诗歌美学向度分别进行简要论述与阐释。

诗歌美学向度之一:现实主义

所谓的现实主义诗歌美学向度,是指诗人们具有鲜明自觉的现实关怀意识,能够在写作中自觉关注当下的社会现实问题,敢于直面自己及他人的现实生存境遇,并对之进行真实的反映与揭示。简言之,理性精神、担当意识、忧患意识、批判精神、素朴美学，是现实主义诗歌的内在含义与主要特征，现实主义诗歌的美学精神传统可谓源远流长，从《诗经》时代至今日，一直绵延不绝，直到21世纪的当下，它依然成为当代中国的诗歌美学潮流之一。

与往年相类似，不少诗人从不同角度与层面展示其现实主义的诗学精神与美学趣味，有一些诗人从抽象思辨（形而上）角度或者从人类命运关怀的宏观层面来呈现其现实主义的诗学旨趣，当然更多的诗人是从具体问题切入现实，其中既有对环境污染与生态保护等焦点问题表达忧虑情绪，也有对当下中国社会的快速发展表达欣喜与赞美之情，同时还有对包括诗人自身在内的普通民众的生存境况与精神状况的介入式的现实书写。如此种种，较为立体性地呈现出当下中国的现实图景与时代状况。

叶延滨作为以现实主义风格著称的一位资深诗人，2019年度，他为我们带来了《一个短小的梦》，该诗用明媚的语言与喜悦的语调描述了一个关于天堂的梦境，将辉煌的光明定义为天堂的形象。而诗作的结尾叙述诗人梦醒以后，对自己在尘世所见到的光明突然有了一种思想的彻悟，发现光明之中其实包含着许多飞舞的尘埃。作品从理想的角度对于现实的清醒认知与批判意向，可谓独具匠心，值得称道。青年诗人北斗的诗作《今日关注》则以祈祷的语气直接表达了诗人对于发生在当今世纪的战争、罪恶等现象的抨击态度，以及对于和平、自由与幸福生活的强烈诉求，表达了胸怀广阔的中国青年一代诗人对于人类命运与前途的深切关注，令人赞赏。

2019年度的诗人依然关注社会热点问题。例如，阿里的诗作《我要给水洗个澡》以突发奇想的思维方式显示了诗人强烈自觉的生态环境保护意识。作品的深刻之处是诗人的思想发现：水变肮脏了，是因为人心变坏了。该诗叙述流畅，想象新奇，立意高深，警策人心。胡刚毅的诗作《一声鸟鸣》精心选取都市阳台一角为背景，通过表现诗人对大自然中未被污染的鸟鸣声的喜悦体验，来表达诗人对都市生活破坏自然生态环境的忧虑情绪与批判意向。作品构思精巧，以小见大，立意深远。黄梵的诗作《运奴船——观特纳油画有感》触及城市生活话题。该诗生动形象地描述了诗人观看特纳的油画《运奴船》的见闻与感受，对黑人悲惨命运的同情体现了诗人的人道主义情怀。而诗作思想情感的最大亮点，则是诗人对于自己被当下欲望化城市生活无情禁锢的现实命运的认知与觉醒，对城市生活弊端予以现实批判的意向非常显明。赵林云的诗作《葫芦岛事件》则以葫芦岛市的一起重大交通事件为题材，以不幸遇难的一群孩子为书写对象，诗人通过"冬天的落叶"这一核心意象的精心营造，对孩子们的悲惨命运表达了一种深切的同情。

一批诗人则以积极的心态、宏阔的视野关注当下中国社会所取得的建设成就。例如，胡丘陵的诗作《中国高铁》直接以中国高铁为题材，体现了诗人对中国的社会发展高度关注的精神品质。诗作采用拟人的手法，以亲切的语调叙述中国铁路的发展历史，在过去与当下的时间回溯中，凸显当下中国社会生活的高速发展与巨大变化。作品快捷的节奏与高铁形象和诗人的喜悦心情，构成了巧妙的对应与有机的平衡关系。唐德亮的诗作《中国速度》与胡丘陵的诗作属于相同主题，作品中的喜悦、骄傲情绪也达成了完全的共振状态。与前二位诗人的作品主题相类同，彭惊宇的《南疆列车》以一位新疆诗人的豪情，运用雄放有力的诗句，描绘了一列高铁列车向着南疆大地欢快行驶沿途所见的欣欣向荣的新时代景象，通过一系列带着浓郁边疆风情的意象画面,以鲜明的地域与民族审美特色,来抒发诗人赞美新疆日新月异的当下生活与发展前景的思想情感,给人留下深刻印象。洪老墨的诗作《西客站》则大胆采用了工业意象,并通过形象、生动的比喻,描写了诗人故乡南昌西客站的崭新风貌,对当今中国的高科技表达了由衷的赞美与自豪。

而有一些诗人则通过相对具体或微观的场景描写来展现当今社会生活的可喜变化。例如,师力斌的诗作《造物》以"叠加"这个词语作为灵感激发点,运用排比性的手法,描写了诗人所居住的北京某小区的日新月异的景象变化,动用良好的词语想象力,来表达诗人深厚的现实关怀精神,这也是该诗值得称道的艺术亮点。彭志强的《挖洞》一诗以写实的手法,运用了丰富的联想与想象,以形象恰切的比喻描写了在贵州山区工作的一位工兵黎明之前起来挖洞、架设电线架子的场景。诗人对于劳动、光明、青春价值的庄严礼赞,与其对祖国建设日新月异的巨大成就的自豪情感有机融合在一起。与彭志强的远镜头描写方式不同,梅黎明的诗作《葡萄》则以近镜头的方式描写了秋天葡萄丰收的场面,并通过葡萄隐喻农妇,暗示农妇的辛勤劳动创造出了今日的美好生活。

当然,也有一些诗人对社会现实生活中的一些非光明、非理想的现象表达了自己的不满情绪与批判意向。例如,谷未黄的诗作《与菩萨聊天》采用诗人与菩萨进行精神对话的方式,通过触目惊心的弱者遭受欺凌的真实场景描写,对现实中人们屡见不鲜的社会恶行与人性危机,给予了艺术化的客观呈现与有力揭示。邓醒群的诗作《无题》写一位阿婆与诗人之间的对话。诗人对孤苦阿婆的破房无人出钱维修的现状表达出一种爱莫能助的无奈情绪。张隽的诗作《少年时的味道》则用质朴单纯的语言，追忆了自己贫穷的少年时代对人物及食物的味觉记忆与味觉印象。其怀旧动机的背后透露出诗人对当下生活现实的某种不满情绪。

底层写作是21世纪中国新诗的重要现象之一，它以社会普通民众（包括诗人在内）的生存境遇与生存状态为表现对象，体现出诗人们的人文关怀精神。

作为21世纪以来底层写作或"打工诗歌"的代表性青年诗人，郑小琼为当代诗坛提供的最有价值的东西便是其审美意义上的底层经验，而"铁"是郑小琼所创造出来的为诗坛人士所公认的可以传达其底层经验的核心意象。尽管近些年郑小琼的社会身份已从打工者转变为体制内的公务员，但2019年她创作的《穿越星宿的针孔》依然是对其往日艰辛打工生活的意象化呈现。生命的痛感与青春的苦闷是作品的亮点。与郑小琼笔下的珠三角地区的打工生活经验表现形成某种呼应，一些具有北京闯荡经历的诗人则着力表现他们的"北漂"经验，例如，在北京闯荡三十年之久的中岛在其《北京》一诗中以直面现实的勇气，叙述了诗人在北京的困窘生活状态。诗作所采用的口语及排比手法，使得其对诗人日常生活与精神状态的表达颇具力量，值得称道。而在北京闯荡近二十年之久的安琪在其诗作《树在叶子里重复》中，利用树叶循环萌生这一自然现象所产生的联想与中心意象，巧妙而又恰切地表达了诗人为了理想"漂在北京"的生命体验。她对大量"北漂"人员乘坐北京地铁这一典型场景的精炼描述，表明了诗人对几乎所有外来者的"北京生活"状况的深切了解与认知。

生活在外省的许多诗人同样善于表现自己的底层生存经验。比如，来自山东的青年诗人庄凌的诗作《我和他们一样》通过选取自己与"他们"（即城市的闯荡者或漂流者）一起乘坐公交车的经典镜头,用客观冷峻的言辞和语调揭示了自己与"他们"在陌生城市忙碌奔波而最终难以圆梦的悲凉命运。这种由对他人的底层关怀转向对自己艰辛生存境遇的体认,更能让读者体会到现实的残酷无情。与庄凌的《我和他们一样》存在异曲同工之处,来自黑龙江的青年诗人周园园的诗作《近况》也是通过选取一个非常经典的日常生活场景来表现自己颇为艰辛的他乡生存处境。诗作运用了极为写实的手法来呈现其城市日常生活的细节,附近传来的哀乐恰到好处地传达出了诗人在生活重压之下的郁闷情绪。

如果说,上述的底层写作诗篇重点表现的是诗人自己的底层生活经验,那么,还有很多的诗人将关注的目光对准了自己以外的底层人物予以书写。比如,谭克修的诗作《水淹橘子洲》以写实的手法记录了"我"的乡村父亲坐车来到省城的情绪状态。诗人重点描述了父亲见到水淹橘子洲时猛然下车的行为,将一位乡村父亲淳朴善良、济公侠义的形象刻画得真实而传神。与此相类似,田禾的《一块地》以泥土一般质朴无华的语言,叙述了父亲开垦荒地种上蚕豆种子并使它萌芽、开花及结荚的过程,表达了诗人深入骨髓的热爱土地的乡村情感,在往事的追忆中隐含着诗人对遭受贫困命运的乡村现实的强烈关注。彝族青年诗人阿卓务林的《洒脱的姐姐》则以自己的姐姐为书写对象。诗作运用排比手法与民谣语调,通过质朴的语言与充满原生态色彩的艺术想象,生动地刻画了一位勤劳而贫穷的乡村姐姐的形象。作品有意以"我"的城市生活与姐姐的乡村生活进行对比,更加凸显了乡村姐姐生存境况之艰难,从而让读者了解到今日部分少数民族地区依然贫穷的现实情况。

更多诗人则选择自己亲人以外的草根人物作为书写对象。比如,程立龙的诗作《保安老王》用朴素无华的诗句,叙述了农民工老王来到大城市当保安的日常生活与工作状态，作品亲切、质朴情感的背后透露出诗人强烈、自觉的底层关怀精神。与程立龙相类似，李荣茂的诗作《请把她带回来》也以草根人物为书写对象，体现出诗人鲜明的底层关怀精神。不过该诗在技巧方面刻意讲求，作品语言简洁，叙述娴熟，时空跳跃，具有丰富的想象空间。诗中诗人明确点明想要寻找回来的"她"是一位名叫"谭丹丽"的穷苦山村姑娘，这使得作品具有高度的真实性。诗人对底层人物的真挚情感具有感动人心的艺术力量。

还有一类诗人，完全从自己的人生经历与情感体验来呈现其现实主义精神向度。例如，潘洗尘的诗作《一眼望不到边的冬天》以清醒的态度反映了诗人住地冬天的漫长与寒冷。作品运用质朴而生动的诗句，表现出这个冬天的极端寒冷，也在客观上揭示出人类生存环境之恶劣。诗作结尾诗人想把自己作为薪火温暖自己孩子们的念头，为冰冷的现实，镀上了一道爱的温暖光芒。与此形成某种对照，冯娜的诗作《爱墙》则通过心灵内审的方式，表达了诗人在爱的理想与无爱现实之间的纠结生命体验。而旅居日本的中国诗人田原的《诗歌版图》是专门为享誉国际诗坛的叙利亚诗人阿多尼斯而写的一首诗。诗人巧妙设计了诗歌版图这一中心意象，并围绕着它，描述了阿多尼斯的流亡生涯与诗歌生涯的展开过程。作品中丰富、流动、跳跃的意象画面，与阿多尼斯诗歌世界与精神境界的广博深邃构成一种对称与对应关系，表达了田原对阿多尼斯的敬仰情感，令人回味无穷。

由此可见，诗人们的现实主义诗歌的艺术书写是丰富多彩的，展现出广阔的思想与精神视野，体现出他们身上强烈自觉的现实关怀精神。当然，在具体的诗人文本中，现实关怀精神与人文关怀精神往往存在程度不同的叠合关系。

诗歌美学向度之二：浪漫主义

与现实主义一样，浪漫主义诗歌传统在我国也是源远流长，从《楚辞》开始，到现在已有两三千年的历史。浪漫主义诗歌的核心含义是诗人面对世界万物时，将自己的主体性情感充分释放出来，并投射到客观事物身上，强烈的情感性与主观的幻想性是浪漫主义诗歌最为鲜明与突出的特征。简言之，浪漫主义诗人在现实生活中都是理想主义者，他们不满足于日常生活的平庸状态，特别追求精神生活的超凡脱俗，情感世界远比常人丰富，具有心灵幻想性质，充满超验色彩，把读者带入一种超自然的精神境界当中。

在中国当代诗坛，具有浪漫主义诗歌美学趣味的诗人数量相当可观，其中一个相当鲜明的例子，就是有一大批诗人持有"神性写作"的美学风格与艺术追求。"神性写作"具有神圣性、庄严性、超验性的审美特质，在诗歌美学概念上通常对应于"日常写作"或"世俗写作"。它具有宗教体验或准宗教体验的色彩与意味，使得诗人的浪漫主义美学趣味得到最高程度的彰显。

从大凉山走向世界的彝族诗人吉狄马加被公认为中国当代诗坛神性写作的重要代表诗人，他创作于2019年度的《对我们而言》是诗人献给祖国的一首灵魂赞美诗。作品以表现爱国主义为宏大主题，但它却从诗人故乡的代表性景物与风俗作为落脚点，以浓郁真挚的故乡情感来表达热烈的爱国之情。换言之，诗人由于有了对故乡的深切热爱，使得其身上的爱国主义有了最为坚实、深厚的情感根基，而不再是一种空洞、抽象的情感状态。一句话，诗人从一种味觉、气息、声音及母语等微观事物入手，让爱国之情的表达变得真实、具体、可感。诗作语言流畅、生动，情感饱满，境界阔大，回味悠长。

还有一些中国当代诗坛神性写作的代表性诗人，他们同样为我们带来了神性写作的诗歌文本。例如，姚辉为我们带来了诗作《白雪覆盖的群山》，该诗延续了诗人一贯的神性写作风格与趣味。它以雪山为仰望、讴歌与书写的对象，在雪山的神圣与人类灵魂的高洁之间，构建起了一道脱离了生命世俗欲望的巍峨纯粹的精神风景。南鸥为我们带来了《他们收割了一万年的阳光》。该诗以魔幻现实主义的表现手法与现代性的修辞方式，呈现了人类生命死亡的庄严景象。诗人对死亡宗教性的体验方式与其内心的英雄主义意志，为作品的死亡想象带来了一种奇异的温暖色调。刘以林为我们带来了《青铜器》。该诗以青铜器为表现题材与赞美对象，诗人以简洁有力的语言，与超越时空、纵横古今的大气想象，满怀激情地讴歌了人类文明的灿烂辉煌，给人以信仰的坚实力量。阿信为我们带来了《在陈子昂读书台》。该诗以超现实主义的笔法，极为生动传神地表达出了诗人对崇高事物的敬畏与热爱，以及在此基础上对春天景象的神秘而喜悦的生命体验，抵达神性境界，妙不可言。以散文诗创作著称于诗坛的诗人周庆荣为我们带来了散文诗篇《黎明的心》。该诗章以舒缓从容的节奏与出色的联想能力，呈现了诗人在8月黎明前独坐时在黑暗与光明交织时分的一系列心灵幻象，对光明、热爱、力量的信仰，汇聚成诗人对一颗"黎明的心"的热烈追求，非常有力地彰显出诗人理想主义的人生信仰与浪漫主义的美学姿态。70后代表诗人之一徐俊国为我们带来了《吹拂是我的诞辰：致清风》。该诗以清风的口气，运用拟人的手法，表达诗人对沉重历史的扬弃与超越，以及对当下与未来岁月的美好憧憬，充满童话色彩。普米族诗人鲁若迪基则为我们带来了诗作《转山节》。对绝大多数汉族读者而言，少数民族诗人对民族宗教习俗场景的描绘极具浪漫与神秘色彩。《转山节》就是这类性质的作品。该诗描述了信仰山神（司山女神）的少数民族群众在转山节围绕他们心目中的神山虔诚拜祭女神的场景，带有边地色彩的意象运用，加之带有宗教色彩的原始思维与想象方式，给作品赋予了一种神秘的美学情调。

有些诗人从其主导性诗歌风格的角度来看虽然不属于神性写作诗人，但他们创作或发表于2019年度的作品，也具有神性写作的诗学风格与美学韵味。例如，张烨的诗作《艾艾瑶草》以魔幻手法将诗人自身高洁的灵魂幻化为仙草，一幅幅超现实的幻觉意象画面勾勒出了诗人的心灵图式，神性写作的背后传达出具宗教意味的情感体验。李云的诗作《持灯者》运用如梦似幻的手法描写了诗人记忆中一段行走夜路的生命经历。在这首诗的语境中，"持灯者"无疑是一个浪漫主义者与理想主义者的人物形象与意象符号。作品中黑夜与灯光的对比以及由此营造出的温馨境界，不但使得全诗充满浪漫的情调与色彩，而且展现出崇高的审美艺术风格。姜念光的诗作《在8月出门远行》运用简洁而空灵的语言叙述了一个人在8月份出门远行在北京西站焦急候车的场景，歌德、但丁、雪山之巅等具有崇高意味的词语与意象在诗作的关键位置的镶嵌，让作品的意涵与境界散发出令人敬仰的精神光芒。很大程度上，我们可以将作品所叙述的这次远足看作诗人的一份精神自传或一次灵魂漫游。

更多的神性写作行列以外的诗人是通过正常的生命体验书写来呈现其浪漫主义的诗学趣味的。通过写景、状物、描写人物来抒发感情，以此表达诗人的浪漫情怀。这也是非常普遍的诗歌写作现象。我们先来看写景状物方面的诗篇。李少君的诗作《雪的怀念》以怀旧的眼光对雪的意象与场景予以充满感情色彩的描写，在对现实的不满情绪的对比性叙述中，诗人心中的乡愁情结与浪漫情怀得到了强烈的呈现，并与唐代诗人柳宗元笔下的《江雪》的意涵与胸襟，构成了某种古今交感的互文关系。大卫的诗作《好雨》运用拟人手法，对雨的各种形态以及下雨的不同场景进行了绘声绘色的艺术性描写，调动了读者全方位的感官，给人以如临其境、沉迷其境的审美感染力。诗人丰富、出色的想象力给作品带上了一种颇为浓郁的童话色彩。阿毛的诗作《海边生活》对大海的形象进行了生动的刻画，并把大海对人的精神影响进行了到位的描述。作品中的人与大海融为一体，互为镜像，可以视作一部人与大海的精神恋爱史的浪漫小叙事诗。罗鹿鸣的诗作《贺兰山落日》以接地气的丰富想象力，对六百里贺兰山落日景象的辉煌壮丽，给予了细腻、生动而又大气的描画，使人如临其境，沉醉无言。李自国的诗作《华不注山》运用排比手法与丰富的想象，从不同层面立体性、艺术化的描绘出了华不注山的险峻奇秀，气象万千。在作品中，诗人豪迈的主体意志与大山的巍峨独立达到了主客体的融合无间状态。雨田的诗作《阅读哈尼梯田》运用赞美性的语调，描绘了哈尼梯田的动人风景，抒发了诗人对哈尼族人民与大自然融为一体的自由生活的向往之情。孤城的短诗《去坝上草原》叙述了诗人去草原仰望星空、拥抱星空的心灵愿望，所展开的草原场景描写纯美超俗，带有一种梦幻色彩，可以看成诗人为其草原情结而抒写的一次灵魂之旅，或一首关于草原的梦想诗篇。胡建文的诗作《在春天》，呈现了人的情感在经历寒冬的冷冻后到了春天开始出现的复苏现象。这是一首表达诗人春天体验的季节诗篇，作品由三段诗节构成，运用缤纷的意象与独白的手法，呈现出诗人由最早的明朗，继而转向阴暗，最后变得激昂的情绪变化轨迹，展示出作品乐观、浪漫的精神底色。而远岸的《葡萄精灵》堪称典型的以浪漫主义方式描写风景的诗篇。在西方近代以来的诗歌谱系中，"精灵"是浪漫主义诗歌中最为经典的意象，远岸的诗作《葡萄精灵》将葡萄精灵化、神秘化，运用跨越千年时空的出色想象，将作为酿酒重要原料的葡萄的生长、成熟过程，以及葡萄本身的艺术形象，予以了高度诗性的还原与呈现，令人称道。

有不少诗人通过书写国内旅游见闻或国外旅行经历以展示浪漫神秘的风情。比如，路军峰的诗作《暮色中的灵石》以诗人途经王家大院所在地山西灵石县城的一次旅游经历为背景，用空灵、生动的笔触描写了灵石上空红云燃烧的奇幻景色。作品语句精炼，以少胜多，令人回味无穷。再比如，倮倮的诗作《布拉格》以欧洲的一次旅历为书写对象。诗人对秋天时节的布拉格城市形象的想象与刻画充满某种魔幻色彩与意味，雨水与阳光风景的交织描写与异域风情融为一体，显得神秘而动人。

还有一些诗人，是通过缅怀过去的人与事这种怀古想象方式来展示其浪漫情怀的。例如，花语的《茅洋的李白，你在哪里？》以心灵独白的方式，抒发了一位当代女诗人对中国古代伟大诗人李白的崇拜之情。准确一点说，此诗是诗人与李白展开的一场想象中的精神对话。诗中古典意象与现代口语的混合式运用，巧妙地衬托出女诗人追求努力与李白相对称的浪漫情怀。卢卫平的诗作《航海志》虚构了一个非常浪漫温馨的穿越时空的航海场景。在几乎所有人的心目中与想象里，航海都是一件非常浪漫的事情，而在实际情形中航海是与巨大的风险联系在一起的。该诗运用精确、质朴的语言,叙述了诗人阅读《航海志》时一个潜意识的画波纹线的动作行为,以及诗人希望千百年来的沉船能够浮出海面的异想天开,让读者犹如阅读一个关于航海的童话,令人拍案叫绝。梁尔源的诗作《古洗药井遐想》则围绕着古代遗留下来的一处洗药井,同样展开了穿越古今的神奇遐想。诗人在对一代医圣崇拜心态的诱导下,视觉、听觉与嗅觉产生了全面的错觉与幻觉状态。诗中充满魔幻色彩的熬药场景的描述令人莞尔,充分彰显了诗人对祖国医学的强烈文化认同。与前述诗人通过怀古方式展现其浪漫情怀有所不同,有些诗人则是通过表达对前辈或同辈人物的崇拜之情而展现其浪漫情怀的。例如,安娟英的诗作《走进梦里的人——赠台湾郑愁予诗家》则是诗人专门献给台湾著名诗人郑愁予的致敬性诗篇。作品营造了一系列唯美动人的心灵幻象,表达了女诗人对自己心目中的诗坛偶像的仰慕之情。

还有相当一批诗人,是通过自己对理想人格的诉求与自身的生命体验与人生追求来呈现其浪漫主义的美学风格的。例如,庄伟杰的诗作《脊梁》从"脊梁"这个词的联想出发,对人的身体姿态与思想行为进行了质朴与精准的叙述。诗人对 "大写的人"的历史使命的自觉承担,以及对"脊梁""灵魂"的强烈召唤,凸显出诗人对人的主体性的强烈诉求意识。作品语调坚定,铿锵有力,充满着浓烈的浪漫主义色彩。与此相类似,宝兰的诗作《王一样的男人》针对英雄主义精神在当今社会生活中的缺失这样一个比较普遍的现象,从女性的视角,塑造了一位具有英雄主义精神气质的理想男性形象,女诗人将他命名为"王一样的男人"。作品中所运用的意象充满战争文化色彩,言辞与语调铿锵有力,气概豪迈,风格激昂,读之令人热血沸腾。唐成茂的诗作《暗处的对峙不值一提》以直抒胸臆的心灵独白，表达了诗人厌弃人性的黑暗与卑鄙，追求光明、干净、温暖、正直等人性中美好的部分，坦诚的言说语调充满一种正义的力量，非常感人。卜寸丹的诗作《佘山记》叙述了两位女诗人在佘山神秘夜景的衬托下所展开的一场精神对话，她们希望成为夜空星辰的心灵幻象与生命愿望的真诚诉求，呈现出一幅超现实的动人灵魂图景。王忆的诗作《光》也以心灵独白的抒情手法，表达了青年诗人对黑暗的厌弃，对光明的渴望，展示出生命本身的内在浪漫激情。与此相反，田湘的《病中吟》则表达了诗人的一种生命黑暗体验，或者说，表达了诗人的一种生命濒危（临近死亡）体验。作品运用第一人称的独白手法，使得其叙述语调充满真诚的情绪感染力，而诗中"太阳"对"我"的生命与身体的隐喻性意象的运用，或者说"太阳"与"我"在生命意义上的并置关系，有力彰显了诗人内心深处所存有的浪漫主义精神气质。

　　从通常情形来看，诗人们的浪漫情怀最容易在对爱情的渴望与诉求中萌生。换言之，诗人们在表达强烈的爱情想象与愿望时最容易显现浪漫主义的美学风格，这是一个不争的诗歌事实。在这一方面，女诗人的表现要比男性诗人突出，这大概是女性对爱情的体验更为强烈而敏感。我们先来看看女诗人的爱情诗篇。例如，女诗人度母洛妃的诗作《爱情乍醒了》以女性独白的手法，直率地诉说了自己对爱情无比美妙浪漫的想象与憧憬。作品的情绪基调充满着青春写作的气息与色彩。再例如，女诗人晓娅（孙晓娅）的诗作《你听到我的呼唤了吗》运用充满主观色彩的意象与联想，生动地描述了冬日里一个雪花飘扬的场景，诗人强烈的情感（爱情）诉求投射到物理世界的雪花身上，使得原本冰冷的雪花具有了感人的情感温度。接着，我们再来看看男性诗人的爱情诗篇。例如，雁西的诗作

《我来过，经过这样的天空》叙述了诗人一次飞越地中海与爱琴海的难忘旅程。诗中的意象色彩缤纷，如梦似幻，令人目不暇接。诗人对人类，对爱本身的强烈热爱情感，使得作品具有打动人心的力量。再例如，高作苦的诗作《去丽江》选择丽江这个名扬天下的浪漫之地作为抒情对象，诗人在诗中将丽江想象为一位风华绝代的美人，并抓住玉龙雪山、泸沽湖、金沙江等丽江地区最具代表性的景物，将丽江的美丽、轻盈、神秘、迷人形象刻画得入木三分，令人迷醉。作品的语言表达空灵有味，画面唯美，情感饱满，堪称佳作。当然，有不少诗人不满足于仅仅表达男女之间的爱情，而是追求表现热爱祖国、热爱人民、热爱山川河流这类宏大的爱国主义思想情感，充满主旋律写作的色彩。例如老诗人谢克强的诗作《祖国》便属于比较典型的主旋律抒情诗篇，诗人运用了排比、比喻手法，采用一系列具有相关性的公共意象，表达了强烈的爱国主义思想情感。语调庄严而热烈，可以将它视作新世纪的一首政治抒情诗。丘树宏的《中山是座山》以革命先驱孙中山为赞美与讴歌对象，也属于政治抒情诗。

此外，杨廷成、杨北城、王舒漫、娜仁琪琪格、夏花、慕白、王黎明、彭桐、徐柏坚、千天全、马培松、李浩、卢辉、堆雪、黄恩鹏、马晓康、马启代、梁潮、庄晓明、杨佴旻、吕达、黄惠波、刘晓平、杨角、瓦刀、陈新文、陈泰灸、箫风、冰虹、张妮、曾若水、陈树照、张春华、绿野、徐明、语伞、林江合、龚永松、王若冰、田放、方雪梅、刘雅阁、刘少柏、祝雪侠、苇青青、黄晓园、马文秀、李孟伦、刘萱、裴郁平等众多诗人在2019年度均创作了情调各异、富有艺术品位的浪漫主义诗篇。

诗歌美学向度之三：古典主义

　　所谓的古典主义是一种与中国古典诗歌传统相关联的创作方法与美学范式。它强调抒情、审美、理性秩序、含蓄节制等美学原则，并整体上遵循儒家文化与道家文化的美学文化精神。在情感表达上遵守或契合乐而不淫、哀而不伤、温柔敦厚的古典美学精神传统，在写作技巧层面坚持意象性写作与抒情性写作向度，表现出对中国诗歌艺术传统的自觉认同与回归倾向。准确而言，古典主义的诗歌书写属于传统意义上的审美性写作。一句话，追求审美意境或审美境界（即追求美感），是古典主义诗学最为重要的特质。

　　一批诗人直接通过怀古与怀旧的方式来展示其古典主义的美学趣味。我们先来看看当代诗人对古人与前辈的追思与缅怀性诗篇。孙思的诗作《庄子故里》以中国文化巨人庄子为书写对象，属于典型的缅圣怀旧诗篇。诗人运用其超越时空的想象力，以平静、从容的心灵独白方式，完成了一场自己与庄子想象性的精神对话，并以诗人自己从庄子那里感悟到的东方生命智慧赋予作品以一种独特的精神魅力。泉子的诗作《黄宾虹的一生》用了极为简洁的语言，叙述了黄宾虹、黄公望今古两位著名画家的人生追求，一儒、一道足以概括这两位中国艺术家的文化身份与精神气质，而诗人对澄澈、通透、青山这三个关键性词语与意象的运用，有力凸显出作品的传统诗歌美学趣味。唐诗的诗作《蔡锷墓》以近代人物为缅怀对象，作品运用准确、有力的诗句，以及生动、鲜明的意象画面来表达诗人对一代名将蔡锷的深切缅怀之情。曾凡华的诗作《黎明的诗思——写给金华婺城》则以现代杰出诗人艾青为缅怀对象。作品通过质朴、生动的叙述，还原了艾青这位民族歌手可爱、可敬的诗人形象,抒发了诗人对艾青真挚的热爱与怀念之情。台湾旅法诗人方明的《诀》系诗人专门为一位去世的著名前辈华语诗人而创作的悼念诗篇。在作品中,诗人方明运用传统诗歌的语态、词汇与意象,抒发了自己对已逝前辈诗人知音般的痛惜之情,其中面对死神降临前辈诗人面前而自己爱莫能助的情绪宣泄,非常痛苦而又自我压抑,令读者为之动容。

我们接下来看看当代诗人对古文物、古村镇、古城墙等古代风物的追思与缅怀诗篇。苏历铭的诗作《南风古灶》以古灶为审美观照对象。诗人动用了超越时空的出色想象,将古灶这一艺术品的惊世骇俗之美进行了动人心魄的描述,而在诗作的后半部分,诗人的情绪复归平静,以一种出世般平静悠远的心情,表达出诗人对中国灿烂文明的内在骄傲。爱斐儿的诗作《雨中走过苍坡古村》以优雅的意象、从容的节奏,对苍坡古村美丽动人的景致进行了细腻、传神的描摹,诗人内心对古老而美丽的中国乡村的一往情深与伤感情绪,凸显出作品古典性的情感特质,韵味深长。车延高的诗作《忆风骨》则以诗人自己游览西安时在大雁塔前的一次精神漫游为表现内容。诗人在作品中驰骋出色的联想,大量化用唐诗的意象和语词,将其思古之幽情,表达得入木三分,意境优美。与车延高诗作的立意相类似,唐晴的《登花马池北门》以西北一座城池为诗思对象,用雄健有力的诗句和发思古之幽情的动人想象,叙述了这座见证着康熙在此阅兵亲征噶尔丹的军事重镇的辉煌历史,并在诗作的结尾处回到当下城门游人如织的现实情景。诗人对人类生命易逝与历史永恒的感悟,洋溢着从中国古人那里承继下来的东方智慧。

当然,更多的诗人是在对现实题材的处理中展现其古典审美情趣的。具体一点说,许多诗人是通过写景、状物、叙事、写人来抒发其具古典特质的情感的。简单而言,这种情感状态是克制的、含蓄的,而非浪漫主义者的情感热烈与意志张扬。我们先来看看写景性诗篇。王家新的诗作《记一次风雪行》用朴质、明朗、有力的诗句,记叙了诗人自己与诗界同行多多于一次风雪之中,驱车观看北方山岭大雪纷飞的动人景象,表达了诗人对雪景的喜悦情感体验。作品对景色与人物的描述简洁、生动、到位,令人如临其境,展示出诗人从绚烂之极归于平淡的深厚艺术功力。李皓的诗作《闻香石公山》以桂花的香气为诗思聚焦点,围绕着桂香,用空灵的语言与想象,把石公山周围的景致予以了细致入微的精彩描摹,使得读者久久沉浸于美妙的情景之中而不能够自拔。宇秀的诗作《秋寒》以大量具有古典意味与色彩的意象和词语,营造出具有典型中国审美韵味的秋凉景象,有力地表达出了诗人作为一位海外游子对母亲及故国源自灵魂深处的思恋与乡愁。来自新疆的诗人亚楠的诗作《一夜大风》则用精炼的文字、生动的意象、含蓄的意境呈现了边疆草原与密林的一道风景。作品充满野性的活力与生气,颇具某种当代边塞诗的韵味。与亚楠诗作的审美情调颇有几份神似,木汀的诗作《风是你的影子》,语言与意象空灵、跳跃,联想丰富,思绪流动,仿佛一幅用情绪涂抹的水墨画,有一种缓缓渗入人心的艺术效果,抒发了诗人对故乡、土地含蓄而深厚的情感。龚刚的诗作《玉兰花必须孤独,兼怀里尔克》以玉兰花为书写对象,作品运用简洁、精确的语言与鲜明、生动的色彩意象,活色生香地刻画出了玉兰花的艺术形象以及诗人内心孤独的情感体验。刘春的诗作《蓝色蜻蜓》则以一只蓝色蜻蜓作为书写对象。诗人以流畅、清新、温柔、细腻的诗句,刻画了这只蓝色蜻蜓温婉可人的艺术形象。抒发了诗人睹物思人、深情无限而又含蓄克制的内在伤感情绪，充满典型的古典审美韵味。刘剑的诗作《叶卡捷琳堡》属于欧游见闻诗篇。诗人以喜悦的语调对叶卡捷琳堡的景象进行了形象生动的描述，虽然是表现异域风物，但作品传达的情感体验却很中国化，令人印象深刻。与前述诗人的写景抒情诗篇相衔接，高凯的《拉二胡》属于比较典型的状物抒情诗篇，该诗以经典民族器乐二胡为审美观照对象，诗人运用精准的观察、优美的想象以及与二胡相对称的诗歌形式，极为生动地塑造了二胡作为传达古典情感最佳音乐载体之一的艺术形象。

我们接着来看看叙事性诗篇。李南的诗作《偶遇南京》用细腻温婉的诗句，记叙了诗人于南京游览时在他乡巧遇旧识的一段经历。作品对和故人相逢狂喜心情的克制性表达，以及离别时候的淡淡伤感情绪氛围的营造，与古典诗歌中赠别诗词里杨柳依依的离情别绪，形成了一种互文性的呼应与回响，韵味无穷。王桂林的诗作《慕尼黑将进酒》以诗人在慕尼黑一家酒吧的一段经历作为叙事内容，真实描述了诗人身处异国他乡的孤独境遇与感受。形象、生动的场景描写与经典化的中国意象的有机融合，有力地呈现了全球化时代一位中国诗人的民族情感认同，十分耐人寻味。金石开的诗作《导航到原点》则描述了诗人春节回乡村老家过年的旅途见闻与回乡感受。作品中重点提及的富有当下时代特色的导航仪等崭新交通工具，在诗里却成为诗人思乡情感的意象符号载体。诗人的乡愁体验与古代诗人达成了一种无间隔的共鸣状态，某种程度上，我们可以将该诗视作21世纪的一首《回乡偶书》。与金石开诗作所表达的乡愁体验颇为相似，赵宏兴的《十年前》属于充满乡村情感的怀旧之作。作品以质朴无华的语言叙述乡村往事，表达了具有乡村背景的诗人在人到中年后，对自己家乡亲人及乡村生活的深沉怀念。全诗充满伤感情绪，体现出浓郁的古典美学情调。阎志的《科尔沁草原情歌》则以清新、优美的怀旧笔调，书写了诗人在科尔沁草原上的一段爱情经历与青春记忆，单纯、真挚的爱情想象与情感诉求，在浪漫的草原背景的衬托下，诗人用心灵歌吟的青春恋曲散发出动人的情绪感染力。

最后，我们再来看看描写人物的诗篇，在此举出两首诗作为例证。祁人的《梢瓜布——献给父亲祁文祥》以一块可以用于擦洗碗筷的"梢瓜布"为寓情对象，通过明白如话的质朴叙与真实细腻的细节描写，刻画出一位充满爱心的乡村父亲形象，表达了诗人对父亲血浓于水的热爱与思念之情。作品构思精巧，情感真挚，感人至深。艾子的《迟暮之花》属于为友人而作的诗篇。作品运用传统的花之意象，对一位才貌双全、单纯而又放荡的当代大龄女性的形象、行为进行了诗意的刻画与描述。作品中矛盾修辞的运用，以及诗人对主人公情感分寸的理性掌控，表明诗人对这位大龄女性的性格与心态有着颇为精妙的理解与把握。

也有一些诗人，通过直接观照自己的内心来书写自己古典性的生命情感体验。例如，梁平的诗作《欲望》采用第一人称的自白手法，以冷静、平和的语调，叙述诗人对自己欲望日渐减少后所获得的生命宁静与欣悦体验，体现出诗人随着时间而来的一种人生智慧。工整的形式，克制的情感，使得诗作洋溢着古典的美感气息。与此相对应，晓音的诗作《6月诗》以时间本身为诗思对象，对诗人在岁月中所见过的人、事、景物的不可挽留的特性，抒发了一种浓郁的惆怅与伤感情绪，是对古人之于时间、人生常常生发的经典慨叹"逝者如斯夫，不舍昼夜"与"如白驹之过隙"的一种当代心灵呼应，令人产生共鸣。

除了上述论及的诗人外，石厉、郭新民、熊国华、周占林、王霆章、冰峰、廖志理、杨梓、李永才、雪鹰、三色董、林秀美、李东海、杜杜、野岸、白恩杰、孔令剑、邓涛、罗晖、和克纯、阿琪阿钰、胡勇、念琪、布木布泰、张民、王伟、甘建华、舒然、银莲、张战、王爱红、游华、黄挺松、欧阳黔森、文华、周伟文、欧阳白、霍竹山、袁翔、阿斐、弭节、王顺彬、柯桥、雪丰谷、唐江波、张瑛、吴捍东、吴昕孺、王芳闻、蒋德明、路文彬、冷先桥、盛华厚、曹谁、蓝晓、赵目珍等众多诗人在2019年度创作出了具有古典美学情调与艺术风格的作品,显示出中国当代诗人骨子里对民族传统诗歌美学趣味的普遍认同。

诗歌美学向度之四:现代主义

众所周知,作为一种创作方法与美学思潮,现代主义发源于近代西方,并在20世纪上半叶达到鼎盛时期。它对中国现代诗歌及当代诗歌产生了深刻而深远的影响,因为正是现代主义思潮,开启与推动了中国新诗的现代化进程。简单说来,现代主义诗歌以生命哲学为思想背景,指认并强调人与世界的非理性,在形式层面,它追求意象晦涩(意象的高度主观化与个人化)与语言表达的非逻辑性,追求独特的修辞效果,追求形式主义;在内容层面,它重点表现焦虑体验、虚无体验、自我分裂、荒诞意识、悲剧精神(或悲剧意识)等现代人的思想情绪,追求哲学意义上的思想深度;在艺术趣味上,它与古典主义相对立,由审美转向审丑。前述几点,成为现代主义诗歌(文学)的重要表征。

体现出现代主义理念与趣味的诗歌文本在中国当代诗歌的语境中被视作先锋诗歌,它代表着中国当代诗歌美学主潮。简言之,只有中国现代主义诗歌,才能有效表达现代中国人的情感经验，并与西方现代诗潮流相接轨。自"朦胧诗"（或"新诗潮"）开始，中国现代主义诗歌运动蓬勃发展，深入人心，一直延续至今。

2019年度，许多诗人创作出了具有现代主义诗学特质的优秀文本。有些诗歌文本侧重从思想情感层面体现现代主义特质，有些诗歌文本则侧重从形式与修辞层面体现现代主义特质（当然在实际情形中二者常常融合在一起，很难加以区分）。我们先来看看前种类型的诗歌文本。陈先发的诗作《泡沫简史》以泡沫为观照对象，通过主观视角与客观视角的有效分离与重新组合，获得打量世界与人生的不同角度。诗人对事物神秘意志与人生空虚（虚无）本质的感受、认知与体验，为作品带来了现代性的精神深度。吕约的诗作《致一位骂人的姑娘》运用反讽的手法，通过漂亮姑娘用脏话狠骂男友这一日常生活场景真实而又生动的再现性描述，表达了诗人对人们习惯诅咒他人这一人性弱点的自觉反思与批判意向，在此基础上深刻揭示出人类生命存在的精神困境。而这正是现代主义最为重要的思想母题之一。向以鲜的诗作《卦象》以一种冷静而温和的语气，以孤独为关注点，探讨事物与事物之间的关系，最后得出的结论颇有哲学意蕴，显示出诗人作为一个中国诗人的超人智慧。阎安的诗作《藏匿者怎样像一个陌生人一样藏匿自己》运用了一系列具有某种晦涩性的深度意象，勾勒出了藏匿者的生存处境，怪物、蜘蛛、迁徙者、黑暗的飞翔、空茫等充满存在主义色彩与意味的关键性词语与意象，有力凸显了诗人对人类生存悲剧性境遇的认知与体验。

与阎安的诗作相类似，梅尔的诗作《伦敦手记（之十）》在对自己生命状态的自我观察与描述中，充满悲剧意识、荒诞意识与虚无意识，具有鲜明的存在主义思想理念。作品平静的语调与痛苦的灵魂构成巨大的艺术张力。潇潇的诗作《唯有灵魂一无所有》运用排比的表现手法，对现实、人生的种种苦难、混乱、黑暗现象进行了集中性的审丑式展现，诗人最后用灵魂的艰难超越来反衬出其对生命存在所持有的强烈悲剧意识。作品情感的强度与思想的深度构成某种对称关系，某种意义上，可以把该诗看作一首当代中国版的《恶之花》。汪剑钊的诗作《雪地上的乌鸦》以乌鸦为书写对象，体现出诗人身上一种典型的现代主义诗学趣味。在诗中，雪地上的乌鸦是孤独、饥饿、寒冷的人类生存境遇的象征，诗人以乌鸦为观照焦点，设置了一些与乌鸦相关联的审丑性意象，并进行了相对应的场景描写，渲染出一片灰色的情绪基调。黄亚洲的诗作《散步伊豆公园》描述了诗人的一次公园散步经历与感受。诗人在看见一块告示牌告知周围存在各种动物时，突然萌生了化身为动物的强烈冲动。作品中以人化身为动物的异化念头，于一种审丑意识中，曲折地传达出了诗人对人类生存禁锢状态的不满情绪。赵晓梦的诗作《我已晒成一截乌木》则以白日梦的形式，叙述了诗人身体所经历的一段奇幻遭遇。诗作结尾"我已晒成一截乌木"的异化想象，呈现出某种荒诞的审美意向。朱涛的诗作《预言的天空——赠蔡小小》以现代性的主观想象与矛盾修辞方式，艺术性地演绎了奇迹与愿望、爱与死之间互为勾连、互为印证、非此即彼的微妙关系，展示出了现代主义诗人典型的思想理念与美学趣味。蒲小林的诗作《照镜子》以认识自我为主题，这是现代主义的重要母题之一。诗人通过照镜子这样一个日常行为的冷静叙述，感悟到照镜子的距离太近或太远都将对自我的认识产生偏差与谬误。这种对事物的哲理性发现彰显出智性写作的色彩。谢小灵的诗作《时间的同行者》则以时间为主题，时间是生命存在的基本方式，人与动物对时间的态度决定着他们对生命本身的态度与认知。该诗选取了街头一景，将陌生人与狗作为诗人的重要观察与思考对象。诗人运用矛盾的修辞与反讽的语调，重点描述了一只狗的孤独生存状态与精神状态，从中折射出现代人悲剧性的生存境遇与灵魂图景。

我们再来看看主要从形式与修辞层面体现出现代主义特质的诗歌文本。臧棣的诗作《刺猬简史》以冷峻、理性、充满内在反讽的语调与笔法，对一只刺猬的形象进行客观、精准的观察与评述。从容不迫的节奏，矛盾修辞的运用，与诗人在作品中对刺猬本质的智慧发现，构成一种美妙的平衡关系。严力的诗作《情人节》运用错位、反讽等典型的现代性修辞与表现手法，表达了诗人在情人节这一特殊的日子对自己生命中热爱过的人们的深情思念。诗作语言简洁，情绪饱满，构思完整，想象大胆，给读者以强烈的情感冲击力。梁晓明的诗作《书》以书为中心意象与情感载体，叙述了诗人的一次精神逃亡经历。作品采用魔幻的叙事方式，以反逻辑、非理性的语言与意象，呈现生命的某种负面情绪体验与灵魂的阴暗图景。诗作内部开阔的想象空间与不确定性的意象内涵，赋予全诗一种特殊的艺术魅力。华清的诗作《牛津》运用出色的词语想象力，大幅跳跃的意象转换，将牛津大学古老、厚重、光荣的人文历史予以现代性的生动描述，融汇古今时空的艺术境界，为作品从容、优雅、大气的节奏以及微含反讽的语调所衬托，可谓相得益彰，十分精妙。

此外，童蔚的诗作《我用发丝走路，以前没有人走过》所运用的意象主观色彩浓郁，大幅跳跃，表面的语义逻辑链条呈现断裂状态，艺术想象带有魔幻色彩，所表现的情感经验具有某种晦涩性。海男的诗作《内陆版块》以女性的眼光描述了内陆人生存状态的种种情状,女性的劳动、生活场景与内心幻象奇妙的混合交织在一起,神秘的女性经验获得了充分的彰显,意象的主观与晦涩色彩为作品带来了一种别致的美感。与童蔚、海男诗作的艺术风格存在某种类似性,龚学敏的诗作《在九寨沟保华乡听南坪小调》运用现代性的通感手法,造成视觉与听觉的互相转化与自然叠加,意象跳跃,情调朦胧,艺术化地呈现了诗人在九寨沟地区欣赏民间音乐的一段难忘经历。树才的诗作《热——赠小叶子》则以充满童真色彩的艺术想象力,通过一系列盛夏意象画面的有机组接与匠心营造,生动传神地刻画出夏日炎热的景象与人们的感受,是一首表现夏日的典型现代意象诗篇。林雪的诗作《在夏坝听歌》表现了诗人在夏坝听歌的种种感受,利用丰富的联想、听觉意象与视觉意象的交替式跳跃,层层递进地拓展出一片开阔、壮丽与空灵的山川境界。蔡天新的诗作《忆张枣(1995)》是怀念故人之作,诗人蔡天新依据诗友对诗友之间的深切理解,对英年早逝的著名诗人张枣的形象(包括性格、趣味与追求在内)进行了艺术化的还原。诗作重点叙述了张枣青年时代在杭州的一段经历,勾勒出张枣文雅、坦率、任性、放纵、多情的性情诗人面目,作品中幽默、调侃、诙谐的语调,透露出现代诗的审美趣味,令人莞尔。大枪的诗作《狗尾巴草》以狗尾巴草为观照对象,展开了一系列跳跃性的联想与对应性的场景描写。诗人的想象在词与物之间,在今天与古代之间,在草原与乡村之间自由穿梭,纵横驰骋,展示了现代主义诗人身上通常所具有的对事物远距离的联想能力。作品对狗尾巴草的情感体验虽然带有一些古典与浪漫的成分,但更多的展示出孤独、卑微与焦虑的现代人的生存境遇与情绪体验。90后诗人高璨的诗作《古音》通过古音来表达对历史的认知意愿。诗中对声音的联想方式表面上看是没有逻辑关联的、随意跳跃的、强行组合在一起的，从中展示出青年诗人充满现代感的艺术想象力。

从对上述诗歌文本的简要解读中可以看出，绝大数中国当代诗人的现代主义诗歌文本并不具备西方意义上的现代主义特质，不像西方现代主义诗人那样表现出彻底的虚无主义思想，这体现出中国诗人的民族心理结构与精神气质。这一点，我们可以在顾北、方文竹、沙克、康城、谭畅、安海茵、蓝帆、许敏、季冉、衣米一、张映姝、段光安、施浩、吴投文、西木、桂杰、李立、吴海歌、马志刚、育邦、张鲜明、幽燕、萧萧、肖黛、刘卫、王彦山、钱轩毅、陆燕姜、涂国文、卡西、徐柏坚、王立世、高海平、贺林蝉、超侠、若离、草树、秦凤、徐春芳、关睢、肖华来、迥迥、舒喆、郭大熟、张琳、熊曼、漆宇勤、马慧聪、陈雨吟、徐庶等诸多诗人风格多样、各具魅力但均具有现代主义特质的诗歌文本中感受得非常充分。

诗歌美学向度之五：后现代主义

顾名思义，后现代主义是继现代主义之后出现的一种创作方法与美学思潮，更为重要的是，它与现代主义存在对立关系。后现代主义完全取消现代主义的深度模式，否定意义，倡导碎片化、平面化写作，对所有传统的事物与价值均采取颠覆、解构的策略与姿态，在思想上表现出彻底的虚无主义。简而言之，后现代主义的本质就是解构主义。中国的后现代主义诗歌肇始于20世纪80年代的第三代诗歌，进入21世纪开始盛行，它常常以"口语诗歌"或"口语写作"的面目出现。在当下的诗歌语境中，"口语诗歌"常常被理解成先锋诗歌。具体说来，"口语诗歌"通常采用口语进行日常生活叙事，在艺术上强调语感，在思维方式上贯彻解构思维，从而展示其后现代主义的美学旨趣。

21世纪以来，持有口语化写作、日常生活叙事原则的先锋诗人大有人在。这与以娱乐文化为核心含义的大众文化日益兴盛的时代氛围关系密切，因为"口语诗歌"在审美趣味上与大众文化精神达成了一种同谋关系。简言之，后现代主义"口语诗歌"在诗学层面的先锋性，与其文化层面的大众性与娱乐性等同起来了。

2019年度，不少诗人为我们带来了艺术品质不俗的后现代主义"口语诗歌"文本。下面，我们选择其中的佼佼者进行简要论述。

尚仲敏作为最早以口语写作而著称于诗坛的第三代代表诗人之一，其诗作《午后》采用了诗人贯常使用的口语，记叙了他在古代文豪苏东坡故里眉山参观时，与苏东坡所进行的一场想象中的精神对话。诗人用在苏东坡的家门口追求写出好诗的说法，来对比苏东坡追求仕途的愿望，显示出第三代诗人骨子里的反讽精神与解构趣味。陆健的诗作《诗歌的超市时代》表现了诗人作为一位中国当代诗坛的资深人士对中国当代诗歌历史与现状的一种个人化认知。诗人将当下诗歌阶段命名为"超市时代"，运用插科打诨、嬉笑怒骂、幽默调侃的话语方式，对当代诗坛的种种乱象以及某些诗坛人士的不良心态进行了漫画式的曝光。全诗运用了口语，但又有意象与比喻的巧妙运用，展示出较为严肃的解构美学姿态。高兴的诗作《独唱》运用口语形式，讲述了一位唱歌经常跑调的合唱团成员被该合唱团开除的故事。诗作的出彩之处是作品的结尾，戏剧性的场景与反讽语调的有机结合，呈现出诗人一种较少展示的解构美学趣味，殊为难得。刘川的《所有的石头都是一样的》运用地道的口语，描述了日常生活中人们对着流星许愿的一幕经典性场景。在诗作结尾部分，诗人呼吁人们不如去采石场对着石头许愿，幽默、调侃与反讽的语气，透露出诗人对人们传统的思维方式与行为方式的强烈解构冲动，令人忍俊不禁。

与前述诗作相对应，马非的诗作《我不怀念80年代》运用诗人一贯的口语风格，对一幅拍摄于20世纪80年代的同学集体合影进行了真实的评价。诗人坦白自己对那个年代毫无怀念，理由是它唤起了自己的贫穷记忆，如同诗中所言"没有一个胖子"。该诗无疑对不少人身上存有的"80年代情结"进行了一种颇显机智的美学解构，读来感觉趣味横生。刘频的诗作《射雕英雄后传》以射雕英雄的故事为原型或背景，以口语方式对射雕英雄的形象进行了颠覆性的重新塑造。在诗中，诗人把自己想象成一名新的射雕英雄，但诗中"恶雕"与"射雕英雄"之间形象与位置的戏剧性互换，既凸显了诗人平时较为少见的解构美学趣味，也在很大程度上暗示出诗人对英雄主义在当下现实生活中普遍缺席的某种失望情绪。韩庆成的诗作《黄河入海口》运用质地厚重的口语，对黄河入海口的见闻与场景进行了戏剧性的呈现。作品试图更新人们对黄河入海的固定认知。诗人幽默的叙述语调，透露出后现代主义的审美趣味。李强的诗作《乌云滚滚》运用口语方式，描述了乌云翻滚雨水将临时蚂蚁们拖着粮食匆匆赶路的逗人情景。日常场景的戏剧性呈现，幽默、调侃、反讽的语调运用，凸显了诗人一贯存有的后现代主义解构冲动的美学趣味。宁明的诗作《一场雨》以雅致的口语，叙述了城市人对一场雨的看法与感受。作品构思角度新颖，内在语调幽默，妙趣横生。黄海兮的诗作《人生边上》延续着诗人一贯的口语风格。该诗描述了诗人对城市夜晚之光的主观感受。作品在对诗人形象予以自我丑化的同时，也对"我"的一些同类进行了调侃，从而彰显其解构主义的美学旨趣。许耀林的诗作《变色龙》运用明白如话的语言，从对"做人比做动物难"的人生体验与思想认定中，推论出社会人群当中"变色龙"产生的来由，凸显出作品的反讽意味与解构精神。郭思思的诗作《春天，我走到花溪大道上》用平实的语言描述了诗人情人节那天走在花溪大道上的日常生活场景，结尾处一个美女发来问候信息的戏剧性情节设置，让作品顿然充满反讽的艺术效果。黑骏马的诗作《生活》运用高度生活化的口语、比喻来表达诗人对"毛毛糙糙"的生活态度的自我否定。作品内含的自我反讽语调让人会心一笑。青年诗人李斌的诗作《一大早，在地铁口看人来人往》用口语描述了都市生活中最为常见、最具典型意义的人来人往的地铁口场景。诗人对当下忙碌不堪的都市人群普遍沉迷于手机的时代现象，予以幽默调侃式的叙述，从而凸显出作品的解构美学趣味。青年诗人王长征的诗作《夜晚无眠》则用小说般质朴、生动、流畅的语言描述了在一家温泉旅馆的见闻，结句"山神做起了灯红酒绿的梦"使得全诗的场景描写带有某种暧昧意味，从中体现出一种隐秘的大众狂欢的精神气息。

在此需要加以说明的是，以上五种诗歌美学向度的归类只是为了论述的方便，而在实际的情形中，一位诗人、一首诗作在其诗歌美学向度归类方面可能程度不同的存在着交集情况，存在难以归类或者边界模糊的情况。举例来说，某位诗人的某首诗作，既可以归入浪漫主义美学向度，也能归入古典主义美学向度，甚至还含有其他美学向度的元素。这反映出优秀作品本身所具有的丰富复杂的思想情感内涵。综合来看，2019年的中国新诗写作在创作方法与美学格局上是非常全面的，这些数量庞大的诗歌文本在艺术风格、表现手法、语言形式、审美情调的丰富性方面，以及在反映社会现实、时代境况、人类心灵的情感经验的广度、深度与宽度方面，整体上取得了扎实的成绩，令人欣慰。限于篇幅与视野，不少优秀诗人的优秀诗作未能在此论述，这是遗珠之憾。2020年，新世纪的中国新诗将步入它的第三个十年，在此，衷心期待广大有抱负、有才华的中国当代诗人，在这新的十年里，能够创造出更多的满足读者期待的杰出作品！

谭五昌

目 录

一月

在九寨沟保华乡听南坪小调	龚学敏	003
雪的怀念	李少君	004
伦敦手记（之十）	梅 尔	005
致一位骂人的姑娘	吕 约	006
脊 梁	庄伟杰	008
持灯者	李 云	009
好 雨	大 卫	010
布拉格	倮 倮	011
暮色中的灵石	路军锋	012
洒脱的姐姐	阿卓务林	013
保安老王	程立龙	014
雪马车	堆 雪	015
摇 篮	风 言	016
西客站	洪老墨	017
请把她带回来	李荣茂	018
为往事送行	田 放	019
新年微诗	熊国华	020
宽恕何为	许 敏	021
一夜大风	亚 楠	022
白雪覆盖的群山	姚 辉	023
穿着大马猴睡衣坐在冬日阳光里写诗	阿 斐	024
天空无迹，鸽子已经飞过	杨北城	025

这样形容爱情	彭 桐	026
生 活	黑骏马	027
深山何处钟	李 浩	028
大 寒	杨 梓	029
我不想要这个身子	张 妮	030
畲山记	卜寸丹	032

二 月

情人节	严 力	035
海边生活	阿 毛	036
蔡锷墓	唐 诗	037
慕尼黑将进酒	王桂林	038
秋 寒	宇 秀	039
格尔木（九章节选）	黄恩鹏	040
酿 酒	曾若水	042
海 洋	陈树照	043
暮晚辞	方文竹	044
春天，我走在花溪大道上	郭思思	045
致绿萝	黑 多	046
剑 侠	李东海	047
墓碑，心灵的复活	唐江波	048
涡州行	樱海星梦	049
夜访鸠摩罗什寺	育 邦	050
大与小	张鲜明	051
在超市	多 木	052
一声鸟鸣	胡刚毅	053
峰山顶上	柯 桥	054

落　日	刘起伦	055
租借幸福	绿　音	056
龙生九子，不是龙（组诗选二）	毛惠云	057
这　里	石世红	059
等　你	白恩杰	060
导航到原点	金石开	061
十年前	赵宏兴	063
在甘南仰望星空	北　乔	064

三　月

我用发丝走路，以前没有人走过	童　蔚	067
唯有灵魂一无所有	潇　潇	068
艾艾瑶草	张　烨	069
水淹橘子洲	谭克修	070
预言的天空	朱　涛	071
在陈子昂读书台	阿　信	072
茅洋的李白，你在哪里？	花　语	073
爱情乍醒了	度母洛妃	074
玉兰花必须孤独，兼怀里尔克	龚　刚	075
回首长安	慕　白	076
平江谒杜甫墓	戴逢红	077
梦　境	贺林蝉	078
花溪憩园	蒋德明	079
终有一天	卡　西	080
荒原即景	刘　涛	081
时光的疼痛	罗　晖	082
马	石　厉	083

真理的投影	舒 喆	084
棉花糖	谭 畅	085
在寂静的光里呼吸	王黎明	087
海鹤岩松墨	肖华来	088
山中归来	萧 萧	089
杀死一个海	衣米一	090
生物钟	张春华	091
立此借据	张 琳	092
遗 弃	赵目珍	093
曼陀罗	臧思佳	094
喊 风	方雪梅	095
叶卡捷琳堡	刘 剑	096
量子隐形传态	超 侠	097
吹拂是我的诞辰：致清风	徐俊国	098
卧 室	语 伞	099
带父亲的骨灰回家	阿琪阿钰	100

四 月

牛 津	华 清	103
树在叶子里重复	安 琪	104
雪地上的乌鸦	汪剑钊	105
古洗药井遐想	梁尔源	106
他们收割了一万年的阳光	南 鸥	107
狗尾巴草	大 枪	108
运奴船	黄 梵	109
雨中走过苍坡古村	爱斐儿	110
我已晒成一截乌木	赵晓梦	111

我要给水洗个澡	阿　里	113
只有一种白可以轻轻道声喜	龚永松	114
声　音	草　树	115
大雨揉碎了梦境	胡　勇	116
柯柯牙	塔里木	117
一个人的月亮	贾　丽	118
在河谷旁	刘心莲	119
画一栋房子	林江合	120
竹西佳处	念　琪	121
谁的余香在我的手上	秦　风	122
走在胡杨林中	沙　克	123
与鸿有关的五面镜子（节选）	舒　然	125
先把东风用完	王爱民	126
那年，4月	王　爽	127
夜晚无眠	王长征	128
曹　植	徐春芳	130
过贵南草原	杨廷成	131
浪花孩子	叶逢平	132
观音桥路遇一树梨花	银　莲	133
沅　江	张　战	134
我和他们一样	庄　凌	135
捞　月	庄晓明	136
维利奇卡古盐矿博物馆	蔡启发	137
写给5月4日	杨佴旻	138
镜头里的庐陵老街	游　华	139
古　音	高　璨	141
光	王　忆	142
诗人的天职	吕　达	143

五 月

热	树　才	147
泡沫简史	陈先发	149
刺猬简史	臧　棣	150
散步伊豆公园	黄亚洲	151
青铜器	刘以林	153
藏匿者怎样像一个陌生人一样藏匿自己	阎　安	154
阅读哈尼梯田	雨　田	155
暗处的对峙不值一提	唐成茂	156
乌云滚滚	李　强	157
蓝色蜻蜓	刘　春	158
西夏王陵	若　离	159
包座战役遗址	蓝　晓	160
当　时	康　城	161
弧　线	杨玄澈	162
葫芦岛事件	赵林云	164
为你做一只粽子	徐祯霞	165
秋天的童话	五　噶	166
腕　表	王彦山	167
最年轻的一天	沈秋伟	168
死亡是另一种灿烂	钱轩毅	169
骨　头	欧阳清清	170
顽　皮	马志刚	171
腰间的闪电	陆燕姜	172
终结之爱	梁潇霏	173
梦的右边	李川李不川	174

匙儿巷恋曲	黄挺松	175
樱桃自远方来	郭新民	176
雕刻者	郭建芳	177
无 题	邓醒群	178
塑料人	陈雨吟	179
世界的光源就这样被全部取走	安海茵	180
月亮睫毛	蔡英明	181
让秋天去管辖宇宙吧	黄惠波	182
一片树叶落下的声音	眉 儿	183
江山和美人一同醒来	冬雪夏荷	184
裂 痕	野 松	185
可爱的竹林	海 洋	186
告 辞	吴 涛	187
造 物	师力斌	188

六 月

一块地	田 禾	191
诗歌版图	田 原	192
南风古灶	苏历铭	195
6月诗	晓 音	197
所有的石头都是一样的	刘 川	198
内陆版块（节选）	海 男	199
一大早，在地铁口看人来人往	李 斌	201
那 年	顾 北	202
狭缝中赏月	段光安	203
雨洗过的乌托邦	王舒漫	204
普希金铜像	陆 子	205

日　子	刘晓平	206
川南：诗意的归宿	柏常青	207
在他乡遇到故小	周伟文	208
距　离	杨映红	209
落　日	杨　角	211
我将继续下去	西　木	212
病　中	吴投文	213
安静的世界	文　华	214
踩点的人	瓦　刀	215
这是我喜欢的时刻（节选）	苏笑嫣	216
双河洞，弱水三千	娜仁琪琪格	217
稻草龙	卢　辉	219
我与湖	李建军	220
阿骨打的铜鉴	剑　东	221
草	第广龙	222
城市爱情微语（节选）	陈泰灸	223
我在茶马古道上悠扬	牛国臣	224
人　脉	幽　燕	226
穿越星宿的针孔	郑小琼	227

七　月

记一次风雪行	王家新	231
偶遇南京	李　南	232
孝	侯　马	233
独　唱	高　兴	234
祖　国	谢克强	235
太阳和月亮，远方与故乡	杨志学	238

卦　象	向以鲜	239
黄宾虹的一生	泉　子	240
闻香石公山	李　皓	241
迟暮之花	艾　子	242
去坝上草原	孤　城	244
置换术	冯果果	245
群山苍茫	林新荣	246
牵　手	潘宏义	247
坏游客在海岛	郭大熟	248
沉香树，在低处活着	李海英	249
奢香驿道	蓦　景	250
栅　栏	欧阳白	252
粽香，惊醒记忆	壬　阁	253
列车驶离圣彼得堡	盛华厚	254
时　光	王立世	255
在普希金博物馆	袁　翔	256
少年时的味道	张　隽	257
谒柳如是	雪　鹰	258
宿命颂	马晓康	259
朔州行：下雨了	高海平	260
手边玫瑰	陈新文	261
茶马古道	廖志理	262
黑暗中千万别踩脚	季　冉	263

八　月

一个短小的梦	叶延滨	267
诗歌的超市时代	陆　健	268

在8月出门远行	姜念光	270
黎明的心	周庆荣	271
华不注山	李自国	272
科尔沁草原情歌	阎志	274
雕塑	艾蔻	275
穿越贺兰山脉的绣线菊	布木布泰	276
生活方式	桂杰	277
从前的一棵草	冰峰	278
鲨鱼停止了娱乐	蓝帆	279
葡萄	梅黎明	280
时光照射下的校园	弭节	281
挖洞	彭志强	282
在契诃夫故居	山杉	283
赦免令	邵春生	284
妈妈的老衣柜	苏唐果	285
中国速度	唐德亮	286
鸽子们飞得那么低	王琪	287
登麦积山石窟	王若冰	288
大海	熊曼	289
游陕北	嗯呐	290
盘景	张民	291
像在喊你的名字	马晓鸣	292
照耀	马启代	293
豆汁儿	马丽	294
南天山天堂湖	绿野	295
所有的美都在此落脚	三色堇	297
清晨的井冈山	王顺彬	298
爱情	张瑛	300

黑火种	夏　花	301
秋　痕	程绿叶	302

九　月

午　后	尚仲敏	305
在夏坝听歌	林　雪	306
南疆列车	彭惊宇	307
黎明的诗思（节选）	曾凡华	308
梢瓜布	祁　人	310
风是你的影子	木　汀	312
中年中秋意	王霆章	313
灾难之花	肖　黛	314
一场雨	宁　明	315
在大柴旦	曹有云	316
土　包	邓　涛	317
断桥意象	甘建华	318
孤独的时候我们去青海	孔占伟	319
徒手攀岩者	刘雅阁	320
千年古墟的别样	吴捍东	321
电线上的麻雀	吴昕孺	322
山海关	朱文平	323
老屋前我一人在月光中站着	左　清	324
我不怀念80年代	马　非	325
短尾巴鸟儿	马海轶	326
釜溪河	蓝星儿	327
加尔各答的慢	李　立	328
人生边上	黄海兮	329

中秋流虹	冰 虹	330
迁　客	郭栋超	331
木格措	蒋芸徽	332
从根部到花瓣的距离	林秀美	333

十 月

忆风骨	车延高	337
欲　望	梁 平	338
拉二胡	高 凯	339
诀	方 明	340
登花马池北门	唐 晴	341
病中吟	田 湘	342
贺兰山落日	罗鹿鸣	343
白番红花	张映姝	344
一条鱼	马培松	345
写首诗	海 湄	346
一粒盐自眼角滚落	冷先桥	347
收　获	李孟伦	348
西藏，你就是诗和远方	刘 萱	349
你确认了我未来的模样	路文彬	350
蒲公英	欧阳黔森	351
偶　然	丘文桥	352
春日汾河	荫丽娟	353
危崖现身	李林芳	354
麦　子	王文雪	355
达玉部落寂寞的夜晚	周占林	356
近　况	周园园	357

去丽江	高作苦	358
野牛图	马文秀	359
不要打扰一只麻雀的春天	霍竹山	360
祖国（节选）	龚 璇	361
中国高铁	胡丘陵	362
过目不忘的湟中	王 伟	364
我想居于自己的海里	施 浩	365
射雕英雄后传	刘 频	367

十一月

书	梁晓明	371
一眼望不到边的冬天	潘洗尘	372
我来过，经过这样的天空	雁 西	373
庄子故里	孙 思	375
你听到我的呼唤了吗	孙晓娅	376
在飞机上遥望故乡	曹 谁	377
爱 墙	冯 娜	378
一个比生命久远的名字	干天全	379
世界是一出皮影戏	关 雎	381
一湖湛蓝的水	和克纯	382
藏羚羊	胡 畔	383
打石谣	浪行天下	384
与植物对话	李永才	385
心无际	梁 潮	386
诗 篇	徐柏坚	387
夜来香	石立新	388
望 海	王爱红	389

一条等待河的船	夏海涛	390
走李庄	熊游坤	391
姓	马慧聪	392
对　话	杜　杜	393
停电了，思想在黑暗中奔跑	黄晓园	394
旧农具	徐良平	395
拉市海	周　杰	396

十二月

对我们而言……	吉狄马加	399
阳光集（节选）	姚　风	400
忆张枣（1995）	蔡天新	401
北　京	中　岛	402
航海志	卢卫平	403
走进梦里的人	安娟英	404
转山节	鲁若迪基	405
王一样的男人	宝　兰	406
葡萄精灵	远　岸	407
黄河入海口	韩庆成	408
巴青，一顶巨大的帐篷	陈跃军	409
与菩萨聊天	谷未黄	410
沙　事	孔令剑	411
在春天	胡建文	412
失　眠	刘　卫	413
暮色将临	漆宇勤	414
你来了，爱情就到了	丘树宏	415
楼道上的卡夫卡	涂国文	416

三亚湾之夜	王芳闻	417
冷　焰	吴海歌	418
时间的同行者	谢小灵	419
拳　师	徐　庶	420
这个下午	野　岸	421
麦　茬	苇青青	422
生命的号子	张应辉	423
在黄昏时起飞	祝雪侠	424
照镜子	蒲小林	426
晋　祠	雪丰谷	427
抓　周	箫　风	428
野豌豆	徐　明	429
无　题	刘少柏	430
今日关注	北　斗	431
连接之物	迥　迥	432
变色龙	许耀林	433
新主人	裴郁平	434
后　记		435

一月

1

在九寨沟保华乡听南坪小调

龚学敏

把天空掏空,椴木声音的锄头把天空
逼到没有退路

在耕过的天气中种花
稗草的鸟叫被琵琶白发的栅栏,隔在
蓬勃的文字外面

节令们用搪瓷的野菜敲打散碎的日子
酒在正月的枝上,开雪花
诱惑植物们成亲,生籽,让大地
给天空用花说话

藏马鸡被风筝错开的纸,描在云顶
雾饱满,如同睡眠的水
汽车是公路壮年时萌生的花骨朵

椴树梢的女高音,酿酒,指引汉语中的
山羊如履薄冰的地名
用年老的露水,一颤
成一本水做的书,花朵们长出的封底

原载《红豆》2019年第1期

雪的怀念

李少君

雪,已成为都市人群的乡愁
雪,俨然已被这个时代放逐
人们已习惯堵车和流行病
雪隐匿不见,污染恶化加剧

雪,曾是纯洁空气的象征
雪,是四季正常轮回的前提
超市里商品琳琳满目,应有尽有
但人们制造不出雪,也买不到雪

雪国,对于我来说就是故国
灯笼、炉火和鞭炮构成的故乡
我竖起衣领,踩着吱咯作响的雪泥
一直走到冰凌闪烁的你家的窗下

小提琴响起,天空飘来一点碎雪
再接着,溅起一大堆雪
再接着,是一场鹅毛大雪
最后,漫天飞雪,以及我浑身颤栗的激动!

原载《人民文学》2019年第1期

伦敦手记(之十)

梅　尔

阳光如此明媚,鲜花昨晚已送达
如果你真的要取走约伯的最好一件衣服
请留给我一块遮羞布
我的心脏频频告急,急切地在暗夜
咚咚作响,阴云遮蔽过去的日子
我呼吸有些不畅,想起伊蕾
想到手机应该设置一键求救
买一些速效救心丸放在手边
努力回想网络上有关急救的方法
并暗暗试一次,调整呼吸
吸进新鲜的,呼出污浊的,污浊的

污浊的太多了,哪里轻易吐得干净
给我一些时间,重生需要付出怎样的努力

当然,我应该意识到
我没有奶酪,那些自以为有奶酪的
或夺走别人奶酪的
也都是虚妄,真实情况是
奶酪从不存在

2019年1月

致一位骂人的姑娘

吕　约

今天阳光好,我在河边散步
迎面走来一对沉默的情侣。美丽小公主
突然张开嘴,恶狠狠骂她男友
——"傻×!"
过路的狗浑身一抖
树上的黄叶也纷纷落下

"傻×!"——这普遍的呼声
时代的咒语
从自我、爱或欲望
无法填补的
空白中
突然爆发的愤恨
在街头、机舱、餐桌和床头点燃
找不到可以托付的词
烦躁的舌头烦躁地重复
重复失灵的咒语

姑娘,你有神气的腿,可以走得更远
有饥饿的心,可以呼应更大的饥饿
有鲜美的嘴,可以酝酿更鲜美的语言

冒着被辱骂的危险,我对她说:
写诗吧,姑娘,开始写诗吧——

精通外语的冬风啊,请翻译给她听
在她平息怒火,陷入沉默之后

2019年1月

脊　梁

庄伟杰

信手挥写"脊梁"这个词,恰好正午时分
一个人端端正正坐着,有点严肃
或者拘谨,连孤独也跟着正襟危坐

我知道,这两个字要写好不易
于是,上身与大腿,大腿与小腿
双膝双脚几乎并拢,尽力
让小腿垂直于地面,坐成直角

穿行于记忆长廊,拉开时光的闸门
那些曾经为之撼动过的人事风物
那些熟悉和不熟悉的仁人志士
令我肃然,且满怀敬畏

人事有代谢。回首之际发觉
岁月背后耸立的是脊梁——大写的人
有的早已进入历史,有的生活在别处
有的依然坚定地行走在大地之上

风吹浮世,肉身或沉重或疲惫
重要的是中间支撑起身子的那根脊骨梁
那么,支撑起灵魂的脊梁又是什么?

原载华声晨报社《华星诗谈》2019年1月24日

持灯者

李 云

因为　夜晚来临
路要回家
风要入睡
儿歌要唱起
你就该持灯前行

好浓酽的黑呀
流淌如墨　染到哪里
哪里就生出魑魅魍魉

你点燃心灯
一路走到亲人身边
灯光走到处
噩梦远遁
寂静安详

你侧身把后背给了寒夜
立掌呵护
一豆星火
在漫漫长夜
总要有人去做这件崇高的事

我不崇高我却愿做续火者
因为　你走在前列

2019年1月

好 雨

大 卫

好雨都有大长腿,迈开步子时
一瞬间就能跑遍山山水水
他喜欢丈量天空,用闪电的卷尺

好雨一般都很随和
落到槐花上有槐花味儿
落到桂花上就有桂花味儿
落到地面上就有土腥味儿

好雨也会落到一个人的头发上
顺着刘海往下滴
好雨会把自己下得很大很大
仿佛整个世界都听他的
好雨也会把自己下得很小很小
小得你贴近了才能听得清他的心跳

好雨一般把自己
毫无保留地下在了万物根部
有的雨,脾气会很大
特别是从山上冲下来的那种
好雨一旦控制不住自己就是瀑布或者狮子
他们纵身一跃的时候,带着一身的白色

原载《福建文学》2019年1月号

布拉格

倮 倮

9月,布拉格湿漉漉
成为木偶女巫身上没拧干的
白衬衣。去年我就准备了一个
里面装了一条河流的笔记本
打算去接它的雨水。迟疑的手指
翻阅着它缓慢的无轨电车、鹅卵石的街道
尖顶的教堂……翻阅伏尔塔瓦河
……和街道旁古老的煤气灯。翻阅
一个城市的内心,一个国家的
良心,以及一些生命的重量

当翻阅到潮湿的诗句时,雨水
已经下到中国南方一座小城
如注:从各种混浊中涌出
黑暗的水——汹涌着——包围
喘息的平庸,我爬上一枝
刻满雷电的啫喱笔朝布拉格逃去——

布拉格雨水太少,湿漉漉
只是脑海里自然生成的图像
布拉格没有——没有——雨水的故事
阳光给所有的事物装上明亮的封面
而我的笔底,一只黑鸟咬紧闪电
假设的果实跳进一片秘密的海水

原载《湖南诗人》2019年第1期

暮色中的灵石

路军锋

大雁逃离的时候
暮色下的红云
岩浆一样的燃烧
湖水和天成了一色
夜色被烧的精光
风看清了走过的地方
画出了这绝美的图案
可不知这图案有没有人收藏

原载《昆仑文学选刊》2019年第1期

洒脱的姐姐

阿卓务林

我的姐姐开门见到山
与她密不透风的森林相比
我川流不息的街道是幸运的

我的姐姐伸手摸到云
与她石头遮盖星星的黄板屋相比
我低头不见大地的高楼是幸运的

我的姐姐一生以土豆充饥
与她吐不出去忧愁的兰花烟相比
我白花花的大米是幸运的

我的姐姐不会说汉语
与她叽里呱啦的幻觉相比
我谓之曰诗歌的文字是幸运的

我的姐姐日出而作,日落而息
与她倒头便入睡的洒脱相比
我辗转反侧的星空并不算幸运

原载《民族文学》2019年第1期

保安老王

程立龙

半百老王,小区保安,来自山西

翻一座山,又一座山
坐了一趟车,又一趟车
他终于来到城市中央

一栋楼挨着一栋楼
楼里住着很多叫业主的人
与他有关也无关
因为他只是保安,姓王不重要

他冲所有人都笑
所有人都看不见
只有几条狗看见他
朝他摇着尾巴

在城市里,他看不到四季更替
但他能看到,四季外
住着他爱的人和爱他的人

原载《上海诗人》2019年第1期

雪马车

堆　雪

老鹰飞走,黑暗降临
额尔齐斯河鸦雀无声
铁蹄击起道路上的冰碴
铁钉加固的木轮马车飞奔起来

这世界还不够安静。风雪还在
颠簸的梦里不断加深。马车的负荷
还在不断加深。赶车人的呼吸
以及鞭梢上的冰凌还在不断加深
那匹马黑腹部和白鬃毛上的雪粒还在
不断加深。也许对于一座山一万座山
只有奔跑,才能使它尽快恢复平静

道路与炊烟埋在雪下
往事和信件埋在雪下
恍惚间,我看见漫天羽毛中
马车拉着一把巨大的木琴狂奔……
那个瞎眼的牧羊人说:这把失踪多年的琴
能在阿尔泰空无一物的夜空
弹奏出,重如黄金的声音

原载《绿风》2019年第1期

摇 篮

风 言

我是你乳房的忌日——
夏日开场的一声锣响
灵魂的敌手抬着开花的棺木
走上山岗,走下山岗
妈妈,温良的雨夜,我是一根生锈的针
掉落在华北平原上无底的动静

谁在背过身去大口吞咽黑暗
动词的静电中——听见星星的碎片落入
孩子的瞳孔
寒冷的冬晨,我是警醒的饥饿
闲置在空碗中的一小块阴影——
父亲打不着火的摩托车"嘟克—嘟克"的噪音

谁将我出走的后背点着了火
沉钝的捣衣声,要把这些窒息的流水
捶平
——在仁慈的所向披靡中
我是你再也吻不出甜味的唇,静默中四面
不知所措的承重的墙
在墓畔
妈妈,我是你巧克力味的遗弃和印刷体的道别
发黄的纸上
我是一只秃了头的钢笔——
在仰望故乡

原载《十月》2019年第1期

西客站

洪老墨

在我的诗篇里,这个与里程
相关联的地名
散射着高科技的微光

西客站。轻易被物化的梦
被我的诗篇　定格在2018年
南昌城乡接合部
九龙湖秋天的景色里

高速列车。像驯服的怪兽
驶入西客站
犹如人体的一根动脉

每当我进入西客站
穿梭在如织的人流中
就会想起《中国日报》报道:
"隧道技术已到位,将用于
建设福建与台湾之间的高铁"

原载《诗林》2019年第1期

请把她带回来

李荣茂

多年前。在深山里
挑水,砍柴,数星星,学狼叫
——凄美之声,越过群山,越不过苦难

土坯房老了,在人间摇晃
两个卑微的人,用山一样朴素而简洁的爱
支撑着,简陋的生活

房前屋后
——野花,开满山坡

多年后。如果你去山里探险
看到一个叫谭丹丽的孩子,请带她回来
告诉她,曾经有一个会狼叫的人

在想她。等她从山里回来
认她做女儿,教她狼叫的另一种方法

原载《南方文学》2019年第1期

为往事送行

田　放

生命中最美丽的
那支情歌　由近至远
消失在塞外的那道山梁上
牧马汉子无奈的叹息
卷起满地黄沙

我望着渐渐滚落的夕阳
手持一杯烈酒
为曾经发生过的故事送行
一饮而尽的快感
让脚步变得轻盈

兄弟　不要伤感
毕竟在大漠跋涉的途中
我们曾结伴而行
吼出的每一曲恋歌
都落地为树
成为一路风景

黄金海岸正在涨潮
不经意间　我的眼睛
被一朵浪花打湿了
祝福我吧　海
永远是接纳我的归宿

2019年1月

新年微诗

熊国华

猪宝宝
随便怎么说我,都憨厚一笑
好歹俺早已位列仙班
皇帝和百姓,都喜欢亲我
十二生肖中含金量最高的猪宝宝

风的秘密
在心动与手动之间
横躺着一部厚厚的礼记

品茗
如品古琴。高山流水的一生
多少天地灵气,纤手抚揉
你进入我的柔肠万种
我品出你的清芬琴韵

原载《羊城晚报》2019年1月16日

宽恕何为

许　敏

把湖水收集在杯中
还有呓语，绿荫从更深处吹来
公园是只巨大的巢穴
飞倦了，就找一棵树落下
你听见搅拌机的轰响
在两幢高耸的楼房中间
老迈，疲惫
有一些焦虑，有一些哮喘
而云朵就挂在屋檐下
在你的额际与眉毛之间
伐木者在砍伐一座废弃的园子
你脚踩木屐隐遁闹市
有时是顾影自怜的灰鹤
有时是精致虚空的瓷器
在长满青苔的巨石上
落下腐叶，一个人就是一座城池
你推窗而立，洒下一地落花
而桃枝运来永不重生的鸟鸣
无论在桥上，还是桥下
你都是流水，被下一个浪涛撕裂
你也可以把自己遗弃在高速路上
深埋在废井里，燃一撮灰烬
风吹来的时候，你可以不温良
可以像一把磨快的飞刀，斩去多年的病根

原载《诗歌月刊》2019年第1期

一夜大风

亚 楠

昨夜,风斜掠着
穿过针茅。抵御的石头
像黑色马蹄铁

它的两极
被呼啸连接。葱绿的叶子
向上,呼吸在夜露的
黄金通道

起伏,若草原鹬
在背风处
把自己安顿好

昨夜,不见雨声
只有潮湿的空气里隐藏着
头狼气味
和母狼的欢愉

在更黑的密林,大鸨
用一只脚
叩响夜之芳菲

原载《钟山》2019年第1期

白雪覆盖的群山

姚 辉

有一个人醒着　雪就醒着
白雪覆盖的群山　就会醒着

群山攥在疾痛中的根系　醒着
漫长的根系　雪一般飞翔
并且　醒着

疼痛的星月　重新黏合在白雪上
星月拥有共同的光芒　当群山
按住振翅欲起的身影——星月醒着

你可以区分出每一座山巍峨的雪线
天穹降得更低了　雪飘向未来
白雪覆盖的群山　为谁醒着？

有一个人醒着　山的灵肉就会醒着
群山掀动的白雪　永远醒着……

　　　　　　　原载《散文诗世界》2019年第1期

穿着大马猴睡衣坐在冬日阳光里写诗

阿 斐

因为独处
才有了我
因为有了我
才有了人间
我往东西南北轻轻一看
世界就这样成了
那些在抱怨里度过一生的人
从没发现神就在自己身上

放下所有黑暗的杂念
看这阳光里不能发光的万物
砖瓦草木和行人
如同光源一般精彩生动
把苦果吐出
倒满杯清茶
最好的时光不是少年而是此刻
虽然寂寞,却不孤独
虽然短暂,却不虚无

2019年1月

天空无迹,鸽子已经飞过

杨北城

在我们头顶倾斜的蓝色天空上
一群鸽子正飞过无尽的苍穹
震颤的空气里,有一股清流
引导着我们嘈杂的念头涌向平静
它们好像一直就在不停地飞
银匠只是把它多余的部分打薄了
我试着和它们达成一致的梦想
唯有飞行才能获得自由
鸽子把自己当着了信使中的英雄
全力以赴飞向空茫和虚无
它们的双翅收藏了人世的黄昏
却让我们的暮年静止如冬日
群山依次看旧,鸽子已经飞过
天空无迹,一片脱落的羽毛
在大地上留下了颓荡之美

2019年1月

这样形容爱情

彭　桐

我就是那个坐在一叶扁舟上的人
白云让我悠悠,清风让我飘飘

无需酒,血液里的火,自然燃烧
无需歌,灵魂里的符号,自动谱成乐曲

动中有静,静得可听到细胞摩擦的声息
静中有动,动得心中千只白兔如万马奔腾

夜晚追求的就是这样的仙境
心上的人儿,有力地托着我
一起在水波之上,无边无际地飞

2019年1月

生　活

黑骏马

我太多的日子
都过的毛毛糙糙
不够严谨
许多的边角
真需要仔细缝缝
才适合出门
会亲访友

2019年1月

深山何处钟

李 浩

高山上幽冥的黄钟大吕拨开我与苍天之间的食甚和界石:

空中的圣曲,处于雄鹿之心
山谷里随坟冢与清风而来的浩大地气,息于泰山之体

挂在内室墙上的梅花鹿首,睁大一群眼珠,在红色的灯光中
娴熟地退去底裤,辨识猎手

我穿过炮火上的红海,在昭明中,等候圣洗的游魂
好像广阔的平原上祭天的器皿
盛放着新人的夕阳、祝祷、繁星,与砌墓的身影

远行的旅人,吞隐远程和岩石的黑暗,但喉咙中的燕子、河流、星空
磨坊和闪电

以及暴风雪中的山峦,从河道的断桥上跃入洛水

大　寒

杨　梓

孵化小鸡在最冷的时节
盘旋于空中的鹰隼找不到食物
沙湖的坚冰之上，滑冰、陀螺、碰碰车
挤成一团团七彩的火焰

我年复一年的平庸，如温室植物
叶子荣枯交替，花朵一直没有绽开
短暂的炎热和严寒并不能苦其心志
不曾经历沧海，哪有天地情怀

只是一冬的火炉需要坚守，不能熄灭
需要独自上路，顶风冒雪，捡柴拾薪
需要以己为灯，从此岸渡向彼岸
哎呀，渡向你无边无际的王国

原载《朔方》2019年第1期

我不想要这个身子

张 妮

太阳对你嘘寒问暖
月亮朝你抛去媚眼
白云和你躲猫猫
轻风亲吻你的脸

我好想为你做这一切
可我不敢
我有一肚子的话
但没法说
我知道你在哪
却不能见

我不想要这个身子
想变成日月
把你细细地看
我不想要这个身子
想变成轻风
将你的眼泪吹干

我不想要这个身子
我们变成两朵云吧
一起旅行
幸福缠绵

最后同时消散
变成一粒尘埃
从宇宙的这边
飘到那边

2019年1月

畲山记

卜寸丹

在畲山,星辰占有了我们
住在一间房里的两个女诗人
从尘世中回来,她们是
一根醒着的蜡烛,一支桃花的令箭
她们倾诉:
当我们变成灰,我们失去了眼睛和嘴唇
当我们用手势代替言语,用沉默回应损害
我们已克服所有障碍
在畲山,我们不与任何事物攀高
只是静静守着凡间的生活
所有的时光,最后便都成了记忆
我们所握之尘土,那些时间里的暗物质
成为星象,成为夜里的光
投向我们,投向吉凶祸福
直到那个未来的孩子
在黎明里说出他的第一句话

2019年1月

二 月

情人节

严 力

今早情绪突然起航
我依依不舍地
从自家航站楼出来
桌上咖啡还没凉透
情绪如此匆忙
肯定与节日的气氛有关
而我对它多年的栽培
也一定是会有回报的

可不是吗
此时房顶有东西降落
情绪劫持了一架飞机
里面坐满了
我在各个时期的
情人

2019年2月

海边生活

阿 毛

他不用海水刷牙洗脸
不借大海的气势和波浪的行距
辩论和做文章

但聚会、恋爱时
一定用海上日月、帆船的背景

他爱风浪中的海
与携着大海气息的人和事

所以,他常做一件事:
向大海扔一颗石子
然后离开

原载《红岩》2019年第2期

蔡锷墓

唐 诗

你睡得巍峨,居然躺在岳麓山上
也许这就是你
死的高度,而生的海拔
会显得更高
我来时,长沙初绿,湘江水已经拍暖了
你的梦。而我更多的是
想到你铿锵的痛
小凤仙的爱
唉,壮怀去了,空留一腔残阳,虽然
墓碑上的风
偶尔还在呼啸。白刺梨花
覆盖在坟上
像一层干净的白云
而鹧鸪的叫声中却弥漫着汩汩的血泪
忽然,乌云密布,天暗了一下
一道闪电掠过
像在墓前
放下一柄你生前酷爱的短剑

2019年2月

慕尼黑将进酒

王桂林

酒逢知己千杯少
在慕尼黑,我孤身一人
旅馆一楼的酒吧里
高高的吧台与高高的吧凳
组成一个象征,一个形式
一个后现代之物,表达异国
赠予我的巨大孤独

没有琵琶铿锵,没有箫声悠远
长发的萨克斯手朝向幽暗
吹奏出蓝色的低迷,仿佛自己
与自己私语。身旁的金发女郎
也没说那句例行的问候
也和我一样,自顾喝酒,在高脚杯里
沉入幽思或无思之中……

将进酒,杯莫停
威士忌,伏特加
面包与奶酪,干红与干白
我不停地进酒,我怕停下
会忍不住流泪,感到更加孤独
会忍不住改变行程
马上回到祖国,回到杏花村去

原载《中国汉诗》2019年第2期

秋 寒

宇　秀（加拿大）

秋寒，来得这么快？
一些春天的心事还没来得及打开

风窸窸窣窣走过浣熊出没的小路，渐次冷落
阳光一过午后就无力跨进门坎
母亲已赶在立秋的前夜
将未及实践的诺言打成行囊等在远方

我躲在薄荷叶里体会流年至此的清凉
世间的炊烟暂且消停，不让风在火中奔走呼号
它就婉转成河流，载着月光徜徉
我看见岁月在夜间行走的模样……多么安详

这安详很轻很薄，像景德镇瓷碗上的蛋清
不适宜五谷杂粮却可以盛满惆怅
我把手背上的月光和手掌里的心事一并
放进秋寒，星辰以十字的方式在松针尖闪烁

灵魂潜伏到远方的鹿角上竖起耳朵
落叶正与世界一一告别

原载《草堂》2019年第2期

格尔木（九章节选）

黄恩鹏

昆仑山

　　连绵起伏的山峦伸进了阳光的裂缝，将天空和鸟，渐渐抬高。

　　满山都是传说、英雄、冰雪、风和太阳。

　　都是鹘鹰的呼吸。

　　鹘鹰从出生那天就把自己给了天空。它们以刚劲的膂力，翻耕云朵，采摘闪电、雷霆、狂雨、暴雪和黄沙，树起辽阔的墓碑。

　　不用担心迷路，一只鹘鹰一遍遍修复天路，指引我行走的路径。我躺在一丛红柳下看一座山。一粒盐，太阳钻出大海的火炉。

　　我和一只凶猛的土狼挨得那么近，近得几乎碰到了它蓬松的尾巴。

格尔木以南

海西。我与一只小雀聊天。我陈兵布阵,和雷霆对垒。但面对卑微的草,我会把自己降低,撒开双腿和雪粒儿一起奔跑。跑着跑着,我就成了一只藏羚羊。格尔木以南,青藏铁路携一枚箭镝攀高:甘隆。纳赤台。西大滩。昆仑山口。楚玛尔。五道梁。江克栋。风火山。日阿尺曲。沱沱河。通天河……无边无际的抬升,到大鹰小鹰抵临的高度。

雪雁带着小儿女从远方飞来了。它们找到了一片蓝色湖泊降落。水花翻开。几个白皙湿滑身子的绝世美人,以放肆姿势在我面前盛开。我逝去的青春瞬间变得清晰明亮,充满激情。

原载《格尔木》2019年第2期

酿　酒

曾若水

把三月酿成米酒
喝下去
一辈子,就将
春风得意

把雪花酿成老酒
喝下去
胸怀中
梅花点点怒放

2019年2月

海 洋

陈树照

谁敢在大海面前造次
狂放的气象,苦难的深渊
地球的血液,生命的源泉
这天地之间的眼睛
看穿了日月星辰,人间万物
生死不过一口气
还有什么过不去的
还有什么更好的赞美
在大海面前
都不值得一提

2019年2月

暮晚辞

方文竹

万家灯火将要亮起　宛溪河边的我
多么孤单　会思考的芦苇始终站成一排

一棵扬花的树在风中自问自答
一只入巢的鸟将天空当作故居
然后拆迁

万物已经归顺　人间的地盘已经不够用
星宿的客栈收留下少量押韵的翅膀
海面上　已无狼的传说

落日是一只巨大的提篮　此刻
却不需要我来拎着

原载《江南诗》2019年第2期

春天,我走在花溪大道上

郭思思

准备去桐木岭
看看春天
才到贵州大学
就把车堵死了
只好下来走走
干脆去溪云小镇
我们的诗歌基地看看
因为情人节
好像还没有人上班
天气实在越来越冷
我的思绪当然就乱七八糟
更不可阻挡的是
把我走过的花溪
全都想了一遍

不知不觉
我已经走到了家门
没看见一个情人
只看见一个美女发来的微信:
安好就是晴天
那怕春天的雨夹雪
来得那么突然

2019年2月

致绿萝

黑 多

早晨,为等候时光的剔除
这盏绿萝,已早早将星星别在梢头

早晨,它表达着自己的沉默
干败的鬓角发出轻微的叹息

在曦光中,手握斧铲
俯身直抵它垂下的枝蔓
双手像拨开充满浪花的大海

我终于得以见到
它的黄发和那深凹的几口枯井
它略显孱弱
而又随着我的呼吸一起
高高隆起、叮当作响的心……

原载《绿风》2019年第2期

剑　侠

李东海

一把剑
悬在空中
在等待春雪的消融
雪在消融
剑，依然在空中
剑，在等待一个剑侠的到来

剑侠不再等待
剑侠回到了梦中
雪，在消融
剑，被时间溶化成了一只鸽子

最后
蓝天下
一个剑侠
会不会无所事事

原载《最诗刊》2019年2月

墓碑,心灵的复活

唐江波

在金山,我的心为一片落叶惆怅
这片穿越千年的树叶,像流浪者
深藏着一轮汉唐的明月,照耀着那些深邃的时光
金山仍被传诵,秦皇抑或秦王的传说,连同壁立如削的
石壁,依然光芒如初
一块石碑被开放的鲜花涂抹
历史死去了许多年,金戈铁马一去无声
只有秋天,用自己的方式收藏游人的脚步、露水,还有黑夜
有人试图从空旷的洞穴里,取出火焰、理想和万里江山
而悬崖的高度却让人望而却步
走近一些,给那些静静的洞穴和石碑一些安慰
昌邑王,我看见他泪流满面,西望长安
没有什么不能放下,权利、荣耀、美女、锦衣玉食
最重要的是在从未相逢的时空里,筑建一所属于自己的家园
也许下一座山才是我们心中的目标,而生命的呼吸
往往需要被另一个理想拯救
不必惆怅,一个倾覆的墓碑,或许能够让一颗心灵复活
而当风雨之后,尘埃落定,被洗过的山水仍清晰、温暖

原载《牡丹》2019年2月

渭州行

樱海星梦

古城街角
二百多年被土墙围着的院落
破落的惨不忍睹
风吹得窗纸呼啦啦地响
我刚知道这里住着一个
超过百岁的女人
透过窗纸一个个破洞她看起来一触即碎
眼神却犀利如鹰
她的目光让我感到
我和我的身影
在凹凸的地上
扭动成一曲变形的探戈

原载《诗人文稿》2019年2月

夜访鸠摩罗什寺

育　邦

我从西方来
我从喧嚣中来

夜雨滴落在梧桐树叶上
在汉语中,我安下一座隐秘的家

薪火只能摧毁我们的形骸
舌头终将化为舍利

我们成为自己的供奉人
供奉舌,供奉语言

不可言说的
皆密封于塔,深埋于地

无所住心者
在塔下徘徊

原载《花城》2019年第2期

大与小

张鲜明

当年,我很大,世界很小
天下的路只有两条——
一条从南到北,一条从东到西
所谓世界,也就是——
一些树木,一口池塘,一片房子,一群鸡鸭,几条狗
还有小学校,以及老师和同学
当然,还有村子四周的庄稼地和远处的几个村庄
走遍世界
只需要一个上午

如今,世界很大,我很小
路是一望无际的网,我无从下脚
天地是旋转着的磨
而我
只是其间晃动的
一粒粉末

这个巨大的变化,并非源于我的谦虚
它符合这样的逻辑——
既然世界已经这么大,并在继续大着
我只能小下去
唉,小下去

原载《上海诗人》2019年第2期

在超市

多 木

星期天，在超市
推着购物车，逛来逛去
摸摸芹菜，摸摸莴笋
摸摸苦瓜，又摸摸西红柿
总是摸摸，又放弃
最后，手指碰上了
一堆淡黄的玉米
"嗯，就是它了。"我喃喃地说
它让我看到了
遥远的故乡，童年的玉米地

2019年2月

一声鸟鸣

胡刚毅

一声鸟鸣,啄醒清晨的我
一扭头目光逮住这个精灵
多么巧!多少幸运!
在高楼林立、汽车轰鸣的城市
还有一声如露珠新鲜的鸟鸣
可它歇脚的阳台不是深山密林
是栅栏,是瘦骨嶙峋的手臂
没有花香,没有绿叶,也没有山涧
多希望我伸向它的手是一枝青柯
让惊恐小鸟栖息片刻

2019年2月

峰山顶上

柯　桥

那些丝绒一样的黄花是我的
它的寂静是我的
它的飘零是我的
那些丝绒一样的黄花装点的天空是我的
那些看似枯槁
伸展着交织着
把这些丝绒一样的黄花
从胸腔中掏出举向天空的有些苍白的树枝是我的
它挽不住的光阴是我的
它的飘零是我的
它的寂静是我的

2019年2月

落 日

刘起伦

此刻,在我注视中,它是仅存的硕果
眼看着,一个白天就要融入夜的怀里
如果,不是让我突然对生命充满敬畏
又怎能对熟视无睹的事物留意又流连
譬如,那些外表冷漠内心热烈的电缆
正在翻山越岭奔向我无法知晓的远方
更多事物,在时间到来时还原其本身
我不会告诉你,我的眼睛已蓄满泪水
只说,天空即将布满星辰。风,唱给
风的歌,是持续的低音,正四面合围……

2019年2月

租借幸福

绿　音（美国）

我要向松鼠租借幸福
我的租金是半包花生
一勺谷粒

这只淡褐色的松鼠
纵身一跃
跳上了一米多高的铁盆
它像人一样站着
吃着花生
边吃边剥皮
并向我的屋里张望
想象人的生活是如何幸福

它终于心满意足地离去
留下一堆花生壳
它们像幸福一样
简单，平凡

2019年2月

龙生九子,不是龙(组诗选二)

毛惠云

舞蹈的囚牛
囚牛可能是
伯牙挑断的最后一个弦音
然后挣扎出一条弧线
割伤苍穹

自此,它成为
所有琴瑟的灵魂
它喜欢灵魂这个词
无需面对

依然可以在寂寥之深
舞其所魅
音乐此时浩瀚无垠
悄然无声

火中螭吻
他用海的灵魂
吞尽火的抗争
然后用火的裂纹
拓满海的图腾

他承担烈焰之炙
却为加持海浪之美
他尾的愉悦
便是他为自己换回的自由

2019年2月

这 里

石世红

这是大地的唇
这是故土的短胡子
在割去荒草与浓烟的干净的脸上
历史返青,星空铿亮
我顺着柔软的唇线
摸到海的肺叶与翅膀
摸到绵长的波光与礁石
我在一叶舌尖上弹琴,歌唱
我的红茉莉打开小喇叭
贝壳里有海风在吹
琴弦上倾倒的小胡子
根系长流
轻轻扎着啜嚅的音符
满天星星痒飕飕

2019年2月

等 你

白恩杰

我在乡下的茶园里
寻到了你
轻轻地,你对我说
我的爱,是茶园杂乱的枯草
不像茶林有头有尾
本来
想扶着秋风看你,等你
谁想卷起一阵旋风
迷乱了自以为明亮的眼睛
其实,我的爱
原本就是一个适合播种茶的土地
只是多了一些偷闲的农人
如果你愿意低下高贵的头颅
扛起生锈的镐锄
在火热的阳光下打磨
我会在茶园等你
等你在每一个采茶的季节

2019年2月

导航到原点

金石开

驶回春节的辉煌
拥堵在县城的街道上
异乡的繁华
驻停在车外
车内仍然是
奔走千里的寂寥

卫星在空中指路
屏幕上的终点
曾是一位少年的起点
智能设备始终在计算
离那几间已经拆除的老房子
离掩埋老房子的一片树木
到底有多远

那些弧度多年未变的小道
是家乡发出的电波
沿着小道走过来的人
似曾相识的面孔
隐藏着他们父辈的信息

导航仪上的信号在减弱
家乡的信号在增强
我准确地驶入老家的院子

在一生的原点上
却无法定位自己

        2019年2月

十年前

赵宏兴

那个时候
春天里,故乡的田地都是油菜花
父亲还能走很远的路
我们一起去祭祖
小侄子的脸上,一脸的童稚
我的肚子也没有那么大
那时候的生活虽然苦了点
但我们还有母亲

现在
春天里,故乡的四周是荒芜的田地
父亲已老了,出门要坐助力车
小侄子去年打架被判了刑
我的肚子也大起来了
现在的生活比过去好了
但我们没有了母亲
母亲已去世两年了

2019年2月

在甘南仰望星空

北　乔

耀眼灼心的阳光回到去处
欲望与石头一起晕睡
梦想点燃篝火，灵魂苏醒
此时，我与高原拥有相同的体温

草原，河流，大山，房屋
甘南的星夜
抽空了人间
我成为大地唯一的坐标

用星光泡茶
月光下
庄子的毛驴把自己想象成蝴蝶
星空跳进高原这个酒杯里

九色甘南，黑与白
夜晚，高原的家园
银河，一条哈达敬给世俗与冥思
我在河边寻找我的身影

原载《大家》2019年第2期

三月

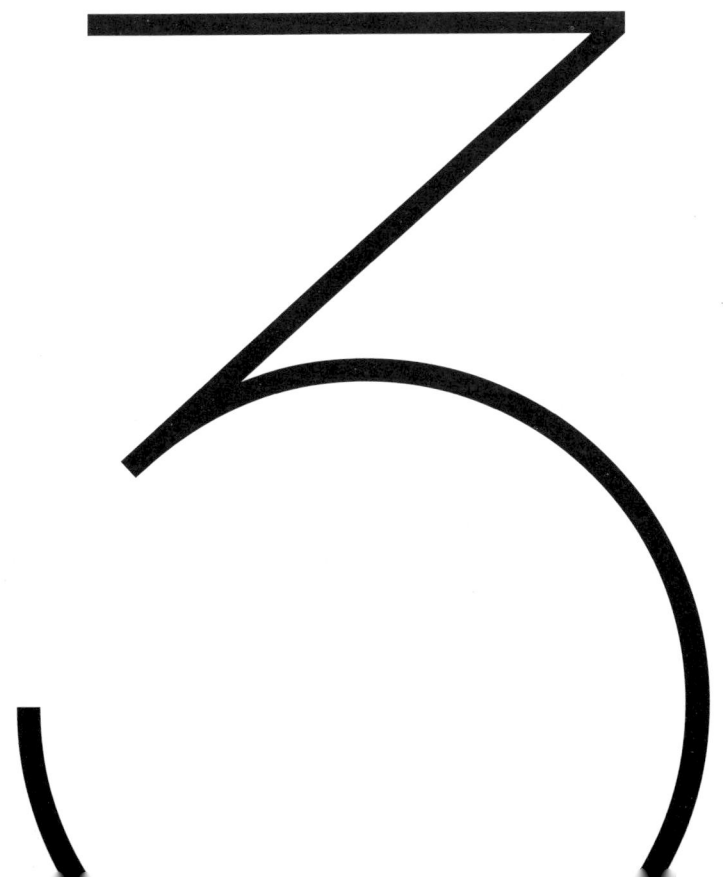

我用发丝走路,以前没有人走过

童　蔚

火,熊熊燃烧执迷不悟
关紧气流的闸门
爱,是那晦涩的窒息

既然有三个女人正在天上
爱着你的未来
你语言的群蜂还蜇地上的花唇么

我用发丝走路,以前没人走过
以便让夜晚的星光
闭合成冰花
在茎梗上耸立

原载《今天》2019年第3期

唯有灵魂一无所有

潇　潇

越来越多的苦难开口
越来越多的谎言面如桃花，插满了耳朵
越来越多的假象从眼睛张开翅膀
越来越多的腐朽掐住黑暗的咽喉

越来越多的丑陋从肺腑，落井下石
越来越多的时尚在轻浮的罪孽中枝叶繁茂
越来越多的金币收割着神经的末梢
越来越多的苦果含在嘴里交给悔恨

越来越多的阴影在胸前十面埋伏
越来越多的栋梁扭曲成微笑的麻木
越来越多的罪行滋润骨质疏松的黑手
越来越多的恶之花结果烂熳的毒瘤

越来越多的疼痛钻进每一个人的皮肉与骨血
越来越多的病毒增加着死亡的重量
唯有灵魂越来越轻，越来越轻
入肉

原载《金银滩文学》2019年第3期

艾艾瑶草

张　烨

天帝说，跟着我。她说，不——
是什么样的勇气和信仰
才能拒绝天堂的诱惑
有一种柔弱比坚强，更，坚强
灵魂长出了嫩枝和叶
花朵覆满全身，闪闪金黄
花的颜色来自金子的心灵
万千祈祷提炼成果实
可祛病，可美颜，可益智，可延年
她的奉献静静的，像
天使来临，默无声响
像庙宇的钟声抚慰人心
艾艾瑶草
白云间
山巅上

原载《诗刊》2019年3月号上半月

水淹橘子洲

谭克修

我帮副驾驶位置瘦弱的身体系好安全带
他安静地坐着
由于对城市过于陌生
有些兴奋,一路上左顾右盼
也有些怯意
好像不再是
有着古同村粗嗓门的男人
车开到橘子洲大桥
他望着宽阔的江面啧啧称奇
作为村里有名的木匠
很好奇这么长的桥是怎么建起来的
我们的目的地是橘子洲的石像
他看石像的眼神很虔诚
也看到石像周围的橘子熟了
但我们的车冲过大桥的临时警示牌
驶入橘子洲时
这里已被洪水淹没
只剩下一些高的橘树
将树尖上的青涩小橘子奋力举出水面
父亲瘦弱的身体
不知何时已从副驾驶位置消失

原载《诗收获》2019年春之卷

预言的天空

——赠蔡小小

朱 涛

我洗手。反复。虔诚对天空抛出的硬币
秘述我的心愿
耳朵替我清洗
战栗
让我忍住刚举杯过的嘴唇
滑落的眼泪遗骸
没有谁相信
奇迹发生了
骑在歇斯底里旋风上的正面头像
在空气不停拍打的声音狂欢中
坚定地站在了祷告的岸上
像我不断坠落又升起的人生
有人替我受难
把自己绑在了十字架的地平线
爱
血色奔腾的海
寻找我
以绞刑架的宁静
抵达

2019年3月

在陈子昂读书台

阿 信

从涪江江面吹过来的风,我感受到了
它吹走了我身体中一块岩石上的积雪

从山坳油菜花地折返的粉蝶,落在肩头小憩
这小小的信任让我浑身一震,呆立原地,不敢
挪动一步

感受着这吹息。感受着
从肩头传来的神秘电流,又一次
听见岁月深处灼热而深沉的叹息

2019年3月

茅洋的李白,你在哪里?

花　语

茅草升到高处
深秋的天空
伸手可及
我,却无法靠近你
李白,沿着升腾的雾岚
瀑流的天梯
李白,你和唐朝
隐在哪里?

海客们已备好
把盏的金樽
一阵风,抱着一朵旧菊
菊的香味还在
醉酒的瀛洲不见你

李白,请让我独自狂欢
伴着摇曳的西风
和一枝苇,飘离的白

请让我独自狂欢
尽管我,一喝就脸红

2019年3月

爱情乍醒了

度母洛妃(中国香港)

铁了心才会憋在角落里
我告诉你我会开花儿
粉粉的,素素的
有时像火
这光来自你和太阳
星星点点的洁白或苦果
它的愿望接近伟大
相信,只因相信
四季的模样都由你和爱组成
我未老
却甘于无所事事
借着这虚构的时光
我回到含羞草的年龄
指尖碰碰
爱情就乍醒了

2019年3月

玉兰花必须孤独,兼怀里尔克

龚　刚(中国澳门)

从雨季挣脱而出
天青色脆如越瓷
纯净的呼吸
清晰可辨
素淡或嫣红
比阳光更有力
玉兰花必须孤独
在孤独中告别
即将滴落的雨珠
只有在晦暝中与内心搏斗的人
才能听懂

2019年3月

回首长安

慕 白

在长安，做一个凡人多么好
结庐红尘，相遇就是不舍
佳丽地，此生得遇，回首长安
我可以醉，可以醒，可以自由呼吸
不需要云游四方，不再追名逐利
摸得着温暖，摸得着心跳
这里人间祥和，时和光都缓都慢
没有纷争，一晌贪欢，万般随缘
我可以披头散发，放浪形骸
酒醉还来花下眠，何须终南山，何须桃花源
佛在我心，从此像一个苦行僧，在自己的庙里修行
不管成不成佛，以后的这一千年里
我只热爱你和我自己

原载《山东文学》2019年第3期

平江谒杜甫墓

戴逢红

先生，你入土后三十九年
中县坪的县衙迁走了，乖巧的
汨水已经改道，它们都懂礼数
喧嚣的安定镇安静，平坦的小田村更为开阔
旷大的虚无，晾不下江南的
绵密，与潮湿的归乡之憾

好在水土肥沃，元稹撰写的墓志铭
得以在此蓬勃生长，六十世子孙
茂盛成杜家洞，和所遗落的朝代
你游历已久的行囊，完好如初地
保存在铁瓶①里，被幕阜的水
漂洗得鲜艳如新，阐幽庵的佛号
晨昏不停地将搭载先生的扁舟喂养

秋风肃杀地臣伏在四周
但再不甘，也奈何不了
唐宋元明清至今的，时光之重

2019年3月

---

① 铁瓶：即铁瓶诗社。与阐幽庵、草堂、杜甫祠等一道，均为平江杜甫墓地的建筑。

梦　境

贺林蝉

花香载着我,通过一座又一座沸腾的车站
在气象学的范围以外,驶上盛夏的钢丝
海市蜃楼也是一片钢铁丛林,人间的欲望之火
把原野烧筑成繁华,把高尚锻造得猥琐难辨

地表与体表,有着相似的温度,蚁穴
和毛孔都可以当作危险逼近的根据,虫鸣
聚沙成丘,严禁脉管里的潜流高声喧哗

野草和候鸟同时回到文明的废墟,以那棵
梧桐树为他乡,和我一起被时间的箭镞射穿
雨水的白色蹄影走过伤口之后,悲伤泥沙俱下

天干地支尚未占领的角落,我用石头和绳索
为自己纪年、叙事,等待秋风乍起的年月
树叶凋落成雪花,一道门以冬天的方式锁住万物

2019年3月

花溪憩园

蒋德明

我与一个女子约好
在巴金萧珊结婚的憩园相见

夜色没有到来,风在将一朵黄花肢解
一盏一盏次第点亮的灯,麻木了我的眼神
越来越浓的夜色,将一个个的人影拐走了
我一个人走进憩园

花溪是爱河,我在读憩园里的一些文字
我肢解文字的冷暖,将寂寞喂养
却撑大了往日的伤口

原载《万峰湖》2019年第3期

终有一天

卡 西

终有一天,那些远去的事物
终会与我们相遇
狗尾巴草恣肆绽放
洁白肉身化为天空的王冠,一一归顺了道
吹过的风告别时间的桎梏
成为幸运的欢畅
记忆像空气一样漂泊
抵达黑夜的门槛
星星开始说话,那是寂寞的低语
爱没有界限,与万物同在
尘世间没有比这更好的礼物
我们受命于秩序,也习惯于遗忘

2019年3月

荒原即景

刘　涛

我把最后的诗句挂上了旗杆
想象会有一辆割麦的车
隆隆碾过

呵，不舒服的午夜能不能换种方式度过
哪怕是在不押韵的田埂边抓流水
也胜过在黑夜中抹泪

嗨，谁在麦穗边吟诵长短句
过路的大车会带走你的姑娘
让你的泪水在荒原上排成行

乌黑的云脚掖住了一克拉泪光
眼泪的金属性太弱
锻不成一枚钻戒
那就拿它打把刀子
对人造成柔软的伤害

荒原上爬过一只乌头燕
你的尾巴还能剪动春风吗？
那些被犬吠驱赶的翅膀
不飞，也不沉重

时光的疼痛

罗 晖

我清楚地记得
那活泼可爱的青春
是那样迷人
透露出一股丰美的气息
吸引着异性贪婪的目光

在那时光的后面
我听到了一个传说
那是母性的呼唤
和生命的喜悦
我站在城市的一角
向着朝霞
飘向了远方
一颗年轻的心
有了理想

终于我痛苦地看到
那年轻的花蕾以及生命
被时光悄悄带走了
逝去的岁月却无情地
刻在我的脸上
长出了一道沧桑的皱纹
及一条风干的泪痕

原载《读诗》2019年第3期

马

石 厉

天未亮,我被窗外的一阵春风
提前弄醒,呆坐在圈椅里
就像个旧时代的皇帝,在黑暗中
执迷不悟,被未来的世界
百般嘲弄,那些最好的坐骑
被人逼真地印在纸上,但以假乱真的
企图,让人索然无味
而画得四不像的,又分明
无法驾驭,一开始就被
掀翻在地,他们何曾见过
踏平欧亚的铁蹄,早已回归草地
顺着山脉的鼻腔,呼吸和游走

柔情漫过地平线,所有的往事
却不再逆转,就像龙马
已变成飞奔的云朵
遮住旗幡的阴影,是一种假象
高举着时间生锈的指针
与你一番演示后,又忽忽掠过
最后能让我回味的,还是在你们
大意和疏漏的,一处处空白

原载《大风》2019年第3期

真理的投影

舒 喆

现在
我已经明白
你不是所有人看见的样子
也不是任何人想象的样子
你不是你
你也不是我
你只是一些事物的先兆
一个真理的投影
你裹挟着记忆的悲喜与创造的力
出现在我梦里
激荡着我陌生的求知欲

2019年3月

棉花糖

谭 畅

我爱棉花糖
羞愧又甜蜜的味道呀
圆滚滚挂在天上
你的惊喜,看到么
扭身的娇憨,小东西
知道多惹人
我爱你,爱你,爱你呀
傻不傻
谁能忍住不爱你呀
忍是忍得辛苦
嘴唇和舌尖都裹不住
居然笑!
你的小花瓣
陷下去,像个口水印
精精巧巧的
想吃又不敢
怕伤了你的饱满
缺了你的月亮
吓坏你夜里萤火虫的小树林
可你的胖嘟嘟在邀请我呀
甫降落,甫出现
像把神奇的伞
一个带旋涡的家
拥抱,不顾一切

我的呼喊
这羁绊的心啊
再见

原载《中国女诗人诗选》2019年第3期

在寂静的光里呼吸

王黎明

二十年前。我栽下的一棵小树
如今已经长到四层楼那么高
住在五楼上的人,恰好从阳台上
伸手采它的叶、食它的果
树下遮荫,纳凉,我抬头
望着高大的树冠,轻轻默念:
"绿荫覆盖着你的睡眠
你像一棵树在寂静的光里呼吸。"

原载《诗刊》2019年3月号

海鹤岩松墨

肖华来

走进书斋,摘去顶戴花翎
昏花着老眼,凝视着手掌上
这两方珍藏的松墨

多次动过念头,开始使用
在端砚上,用颐和园的湖水
释放它们凝固了的香,用它们
黑色的美丽写成一首诗
抄成一部南华经

一想到给皇上的奏折,
自己跟洋人签下的那些条约
年老的李中堂,摇了摇头
羞赧地把松墨放回

2019年3月

山中归来

萧　萧（新西兰）

山路拥挤，春天在我的身体里越来越狭窄
暴风骤雨前夕有火焰无法摧毁的颤抖
向上迈一步，春风又薄了一层
人在青山，人间就无法停止悲伤

亡灵夹道欢迎，山中咳嗽声
让后山再前进一步，凛冽之痛从骨头里
破土，草木与闪电合谋，在破败的寺庙
企图篡改一个节气的引申义

山雨欲来，死去的人在泥土里翻身
许多事物都找到了活着的意义
所有的清明都蓄谋已久
万物正在生死交替

每块墓碑，方寸之间都有山高水长
在山上，我把父母来时的路
再走一遍。在山上，我活得更像一个人
下山后，我与自己隔世而居，了无悲伤

原载《文化参考报》2019年第3期

杀死一个海

衣米一

杀死海
杀死它留有
海草味的嘴巴
杀死它蔚蓝色的眼睛
它正看着我们
它的眼睛过于大
过于深
过于干净
像一个孩子
面对一个
眼睛又大又深又干净的海
我无力举刀
我泪流满面
我一生
只能是这样一个人
海被别人杀死

原载《汉诗》2019年第3期

生物钟

张春华

神的手　无法触摸到
它柔软的指针　它是宇宙脉搏的一部分
是这颗星球黑暗里的心跳

浩瀚之海　凶险的
波涛下　有均匀而美妙的读秒声
奏响这深蓝的时光曲

它在星光之前
与晨露的起落同步　它一路紧随
雪山飞狐　草原之鹰

它走过青铜时代
冲破铁器与白银时代的绞杀　它精确的
计算着你生的过去与现在

原载《上海诗人》2019年第3期

立此借据

张 琳

今借到——

蝴蝶一只
月亮一枚
人行道两条
爱恨各半
汉字几千个
另有：盘中餐，杯中酒，雾中花
梦里的故乡
琴弦上的高山和流水

借用期：一生
来生偿还
谨以心尖上的痛作为抵押

原载《十月》2019年第3期

遗 弃

赵目珍

即将要被春光遗弃了
在炽热而晦暗的空间之内
他难以察觉出自己的来处

他的内心有无名的业火
他知道它们来自哪里
它们的焰锋刺伤了好多人

遗弃是一种虚幻的力量
大地一片乌青
它迫使人调整意念的布局

他试着——
努力地去发动身体中的河流
但无法控制烈火的永生

他试着——
努力地去平息阴影的复苏
但灰暗如顽石一般坚硬

但焚烧始终要带来灰烬
如此也好——
如此,便一切都可弃旧从新

原载《扬子江诗刊》2019年第3期

曼陀罗

臧思佳

朵帮长在山间、路口、湖边、江畔
不用扎根
就能长进黝黑皮肤
额头体温炙热
一次次敲打
铁匠铺的砧板上六字真言火花四溅
经文、佛尊和着汗水
比山顶的牦牛骨更早铸造成化石
风马旗在尼玛堆顶削风成刀
磨骨成针
梵文的笔画被拆解又缝补
恰好覆盖住被针灸的穴位
一边煨桑，一边添加石子
精准重复的跪拜，将尼玛堆连成绵当
古老的经卷里又一行行走的曼陀罗

原载《星星》诗刊2019年3月号

喊　风

方雪梅

来临　没有仪仗
离开　没有背影
如同一段走丢的传闻

我坐在水亭
月光的发丝
还没有垂到肩头
目光也没从对岸霓虹抽身
西边天空　那颗钢钉般的亮点
让低处的猜想　举棋不定

不再等了
黑夜里　该有流动的法则
打开喉咙的阀门
放出胸腔的火焰
我们在大脑褶皱里　大吼
喊一场狂风暴雨　电闪雷鸣

休眠的风　醒了
从年嘉湖的水面　探头
伸展　逡巡
我听到仲夏
板结的高温　在松动
一场中年的相遇　渐渐凉爽

原载《芳草》杂志2019年第3期

叶卡捷琳堡

刘 剑

一阵细雨将我们送进叶卡捷琳堡
阳光偷偷地覆盖了自己
不太古老的愿望让多少人惦记
江山如此美好,总有人在不经意间被废除

那么多雕像,那么多油画,那么多古董遗落此间
那么多想来此度假的人
我猜想肯定是走错了地方
像哭错了墓碑的寡妇

我看到了炮弹落地生根
我看到了湖水敞开的通道比宫殿
敞开的门窗都多
我看到森林整齐地排列,像沙皇
高贵的家谱

一个孩子、两个孩子、三个孩子、更多的孩子
他们比雨水繁茂并且充沛
天空开始变蓝,花园里的花朵开始关注自己的命运

原载《诗歌月刊》2019年第3期

量子隐形传态

超 侠

我的身体由电子、质子、夸克等
基本粒构成
介子在它们之间穿梭
胶子将它们温柔凝聚
大脑的千亿个神经元
产生了无穷的想象与思考

我与月球距离三十八万公里
我想看看吴刚种的桂花树
还想与嫦娥一起打羽毛球
当将我身体所有的基本粒子函数测定完毕
再用电磁信号矫正

同时月球上的量子纠缠复原所有的我
那么我就瞬间到了月球
我能到宇宙的任何角落
但忘记了关闭原始的我
宇宙就有了无数个无限的我

2019年3月

吹拂是我的诞辰:致清风

徐俊国

小溪消失……
红蓼出现的地方
那块腰部长草的断碑下
埋着半册宋愁

我经历过很多朝代
每一个残缺都有根据
我不是蟋蟀
蟋蟀替我悲鸣过了
我不是故国
我只是故国的余数

我是我自己的遗址
我的荒芜就是我活过的证据
我精心设计好草木
就要成为一缕清风了——
我要吹拂
吹拂是我的诞辰

原载《扬子江诗刊》2019年第3期

卧　室

语　伞

一头扎进你矩形的身体,我扑向睡眠。
梦是天空在我脑中散步,梦话是月亮又掉了一个角,
碎片落在我嘴里,吞不下去的部分,就只有说出来。
黑夜能让一个情节死去。你能让一个传奇复活。
我在静待明天的不可细数。环绕它的恩宠,必须按
时苏醒。

床是你的胎记。
床替你接住了我的覆盖,接住了所有覆盖的重返、
轻与重。

到了夜晚,台灯把你描摹得深情而古老,我对你又
爱入骨髓,像自己也再一次被爱。当我远行,我会扬
起将要允诺的头,想成为法术高深的通灵者,给你造
一个丈夫,一个妻子,造一种情感,永不厌弃。
让你为夜晚沉迷,而我,将独自拥有白昼之心。

原载《星星》下旬刊2019年第3期

带父亲的骨灰回家

阿琪阿钰

父亲,我们要回家了
我抱着你的骨灰,像小时候
你抱着我,让我骑在你的肩上
那时,我是一个调皮的孩子
现在,你像一个安静的孩子

父亲,我们要回家了
我们现在就走
父亲,我们要回家了
我们现在就走

父亲,我们就要回家了
从浙江到贵州
我们回家
回家,我们回家——
回家看故乡的亲人
看故乡的山
看故乡的水
看故乡的云

2019年3月

四月

牛　津

华　清

带着时光的锈迹,这青铜的牛津
从古渡口悠闲地泅渡:仿佛
中世纪一个巨大的梦境,这头年迈
而优雅的牛,英式的步子,绅士的气度
行进于古老的时空。化身为古树旁
颓败的小教堂,刻着无数名贤印记的楼宇
与十字架,化身为行色匆匆的路人
打着领结的街区,庄严而又闲散的步履
铜质的权杖只是用来衬托学术的威仪
黑色长袍最适合装裹智慧,神父的灵魂
长眠于荒草中,那些烦琐的教会仪典
化作了今日学子们洒脱的气质。啊
啤酒屋中的牛津,黄昏中幽灵般出没的
牛津,牛顿的牛津,钱锺书的牛津
在晚礼服中出没。神话与罗曼司
依然刻在屋檐与街角……这样走着
它摇摇晃晃的背上,出现了
那个半裸的现代女神,她手持

大不列颠的法典,还有一部时尚款的
苹果手机,慢悠悠,经过这旅人
旁观的视野,在夏日的黄昏中
融入了弥尔顿的诗句

原载《十日》2019年第4期

树在叶子里重复

安　琪

叶芽挣破树枝的时候
树就活了，一年一度
树在叶子里重复，重复生
重复死
人挤进地铁的时候
北京就活了
一代
又一代青春的面孔来此打拼
只有梦想
没有抱怨
作为地铁中的一员，我感觉自己
像北京的一片叶子
失望在我身体里重复
希望在我身体里重复

2019年4月

雪地上的乌鸦

汪剑钊

雪地,乌鸦
把整个宇宙的孤独集于一身
"哇"的一声,撕破
黄昏老旧的衬衣

纤小的爪子灵活地翻动
雪块与落叶
似乎在其中寻找同类的羽毛
和真理的面包屑

槭树迎风蹒跚在路旁
佝偻如一个生育过多的老妇人
不再有丰满的脂肪和旋律似的风情
缓缓脱下一层干瘪的树皮
为饥饿的乌鸦提供最后的晚餐

存在仿佛是为了对应
污秽的雪水流淌,浸泡
一张黑白照的底片
而我们熟悉的乌鸦即将在寒雾中凝固
成为夜的某一个器官

原载《边疆文学》2019年第4期

古洗药井遐想

梁尔源

那么多年过去了
倒影中孙思邈
一直捧着那颗心
在人间浣洗

低头往水井看时
似乎有药的芳香溢出
我顿时感觉
整个洞阳村仙草遍地
山梁上多有神医奔走
那些药罐中熬出的铜臭味
都悄悄从朗朗乾坤中蒸发

回到家中
仍在产生一种幻觉
好像自己成了鹤发童颜的神医
在药罐中熬煮一幅地图
同时,又觉得自己成了老者手中
那味越洗越黑的药

2019年4月

他们收割了一万年的阳光

南 鸥

该遗忘的,早已经遗忘
我的血液,我的家乡我千年的姓氏
那些被反复肢解的时光,就像
体内被割掉的器官

今天,我没有权力遗忘
今天只属于亡灵,他们是时间的审判者
那些细节,染红喜马拉雅山的雪峰
他们提升了今天的海拔

他们从废墟里探出头来
黑洞洞的眼眶,命令钢铁重新回到钢炉
命令一条古老的河流,从此
倒挂在天上

他们让时间哑口无言
让每一天,都变成了时间的赝品
他们躺在地下,他们收割了
一万年的阳光

原载《中国作家》2019年第4期

狗尾巴草

大　枪

在此行三千里行程的终点,我突然看到
狗尾巴草,这些多年不见的山里的兄弟
虽然之前我还看到芨芨草、地榆、裂叶蒿
野豌豆、唐松草、歪头菜、花苜蓿还有驴蹄草
但狗尾巴草的出现,仍然让我坐怀大乱,让我
语无伦次,让草本和木本开始乱伦,狗尾巴
草!多么有体温的词汇,多么、内蒙古
它曾经的领袖,早在13世纪,就用铁骑向世界
秀过肌肉,此时,世界早已经没有成吉思汗
他是高贵的蒙古王(当然,在草原,没有一棵草
不是高贵的),这里只有触手可及的狗尾巴草
半举着它们的旗帜,既不下垂,也不坚挺
只让种子跟着风飞行。我只想像个同类
抚一抚它们,并不奢望和整个草原发生反应
草原是成吉思汗的女人,我不关注这些
我眼里只有狗的尾巴在起伏,像18岁那年
我的尾巴在起伏,其他的一切都是视觉盲点
草原也和世界其他地方一样拥挤而孤独
草拥挤到看不到草,就像人拥挤到看不见人
但我们依然能发现彼此,这是情人才有的体验
躺在它们中间,阳光亲切地阅读着我们
狗尾巴草,像月嫂的手,让我的身体温暖安静
让世界温暖安静,这一刻,世界停留在我的童年

原载《绿风》杂志2019年第4期

运奴船
——观特纳油画有感

黄　梵

他们把黑人像一网鱼，装入船舱
黑人是那么驯服
沉默成了黑人安慰自己的口香糖
身上的脂肪，成了熬完航程的唯一希望

那么多的黑人，像鱼饵
被抛入大海，用血的光芒
照亮海水，直到鲨鱼的唇上
沾满黑人的临终遗言

假如我也是黑奴，必定会重复
那种尖叫的命运，我的皮
也一定是黑夜的皮，我的血
也一定是美术馆中最贵的血
但在鲨鱼休战之前，我只能幻想
爬出一排排牙齿的铁栅

观完《运奴船》，我也试着
掂一掂自己的命运。我恍然大悟——
自己已是城市的黑奴
在欲望休战之前，已没有谁能帮我

原载2019年4月3日《澳门日报》

雨中走过苍坡古村

爱斐儿

　　雷声隐隐，雨下得慢，适合内心清澈的人，沿着一条由近及远的石径，走进幽深时光中仍在发光的苍坡古村。

　　文房四宝——铺开，将有一场雨水挥毫泼墨，为我曾经在梦里爱过的村庄，写下往事的泪水与歌声。

　　今天，万物都被雨水洗过，雨中的古村静美，远山缥缈。

　　你将看到一个人站在池塘边，一些可爱的细雨落在肩上，另一些落在水面，与水中的雨荷面对同样的疑问：

　　万物都有始终，一座村庄何时走完自己的一生？一条青石小街又有多少人曾经走过？他们在此年轻过，相爱过，品尝过杨梅、枇杷和桑葚，也嗅闻过满街桂花香，又有多少人从一场梦进入另一场梦，而又从未梦醒过？

　　世间恩怨如此分明，只有走在古村的旧时光里，才知道自己深爱的事物那么多。

　　这是一个被诗意眷顾的地方，笔架山高架浓雾闲云，大地上雨水充沛、安宁明澈，苍坡村因深藏古老智慧，而一再被人深深爱恋。

2019年4月

我已晒成一截乌木

赵晓梦

半夜里,肌肉的痉挛
险些拉断缺钙的身体
为了不被梦里的河水溺亡
我决定搬把椅子晒太阳

4月的阳台是最好的去处
高于地面的阳光真是有力
我只有把身体放在椅子上
用背抵挡才不至于被推倒
还得张开双手双腿做支撑
像一只浮在水面上的章鱼
风一吹,身体就在阳光的
热浪里翻滚,暴裂的骨骼
像鞭炮炸个不停
大剂量的紫外线刺穿皮肤
刺穿黑色的宽松外套
身体只给汗水留有位置

当影子把头颅重新放回肩膀
手中的书,已打不开新篇章
眼睛与纸页上的文字没发生
任何联系,唯有全神贯注
才能把人体所需的蛋白质
从阳光中挑选出来,才能让

被酒和肉充斥的身体，重新
获得秩序和意义。即使夜晚
再有冷风从门缝钻进来
痉挛的身体也不会在梦里发射
因为我已晒成一截乌木，又硬又黑

原载《上海诗人》2019年第4期

我要给水洗个澡

阿　里

我要给水洗个澡
因此，我用全身的皮
努力擦拭水
想把水擦拭的铮亮铮亮的
我用全身毛发的刷子
把水刷得哗啦啦作响
结果呢
水却越来越脏
因此
我初步断定，这年头，是人出了问题了
这人脑子有病
就会传染给身体，每一寸肌肤，还有言行
然后，社会就脏乱了，世界就乱套了
我常常想
这普天之下，哪里的水最肮脏
哪里的人心就坏到了骨子里

2019年4月

只有一种白可以轻轻道声喜

龚永松

一个下午　都是那种白
澄澈而透明
从车水马龙的都市　硬是开进
狭窄的乡村公路
都是那种白　不可多见的洁白
如同飘零在上空的云
总是捉摸不定
桌面上的苹果　橘子　带壳花生
一杯又一杯的热茶
一位清瘦的老人
一位中年的女儿
屋前屋后忙上忙下
一股热情扑面而来
是谁都看得清
三十年前的古宅
悄悄地记录了无以复加的白
轻轻地向来客道了声喜

2019年4月

声 音

草 树

龙头没有拧紧
深夜从厨房传来
一滴水的空响,隔一阵,又一声

终于从众声喧哗
或一根管道集体的沉默挣脱
如此清脆、干净
坚信有一只倾听它的耳朵

大雨哗哗你能听清哪一滴水的声音
鱼儿吞下吊钩之时是一阵什么样的水响
说谎的声音就像泥石流

一滴水的空响镂空了这个春夜

原载《诗刊》2019年4月下半月刊

大雨揉碎了梦境

胡 勇

大雨带着灰尘入土，揉碎了梦境
时间叫停了大雨
光线从水滴中划过，彩虹诞生
但最终是什么击落了彩虹
——时间
发生又逝去

太多美好的事物，败给了时间
我们无意间丢失了太多太多
诸如时间
可悲的是，作为失败的一方却不自知

有知的失败过程，心态不能平和
有若滔滔潮汐来扰
无知的失败过程，心态不用急躁
任凭海之弦弹奏的音符来诉

站在土地上
在穿透心灵中渐渐忘却疼痛
就若那瞬间产生又消失的彩虹
以及寻回家园的尘粒
包括大雨，以及大雨下的某只蚂蚁
记忆重现部分时间丢失后的细节

2019年4月

柯柯牙[①]

塔里木

无边的绿色
从你的美梦伸展

想去你的中心
带着森林才能抵达
用灵魂填满你的深渊之后
你荒凉的躯体长出叶子
一次又一次洒下的滴滴汗水
现在已变成绿洲向你的深处蔓延
呵……你的怀抱是永远的日出

不然，我怎能沐浴这美丽的朝霞

2019年4月

---

① 柯柯牙是一片荒原上人工种出的森林。

一个人的月亮

贾 丽

这一刻的月亮是我的
如果用一个词来代替,唯一合适的
就是怀亮,姓贾
他是我的父亲,我仰望着
他静静地悬在高处
我喊:父亲
他没有应答
我再大声地喊
父亲——
只有回声,像月光
洒满夜晚的每一个角落
照耀着母亲的腰椎痛、关节痛
照耀着该整修的老屋
他似乎要将所有离开家的日子
一起照亮,尤其是
我的眼睛
我的内心
我干净的书桌上,父亲的照片
静静地看着我
像一只回家的月亮,真白,真亮

原载《诗江南》2019年第4期

在河谷旁

刘心莲

在河谷旁,修一苇篱笆
筑一排小屋,远处
星星点点,有丝竹萦绕
觅三两碟小食,煮一壶老茶
依湾,听泉

泉清冽,泉忧伤
泉将日子的起伏平仄
谱进五线谱里
过了节气谷雨就发芽了

许它向下生出根须
许它向上延伸藤蔓
许它在水一方
唤着远行人的乳名

2019年4月

画一栋房子

林江合

我留给自己一半春天
来回忆夏夜与藤蔓
垂入庭院的银光

明亮的虫鸣伸出手
关门声连成一片马鞍

我说给夜的女儿
羽毛一千次吻
披时光的长裙
通往海底的井

2019年4月

竹西佳处

念 琪

在唐诗宋词中行走艳遇竹西
那日,细雨蒙蒙。微醺
执手刚刚送走来自西北的稚雁
蹒跚而回,行至竹林深处

流连忘返于熟悉的一草一木
对弈,踏青,作诗,饮酒
一笑一颦,触手可及,声犹在耳
泪如泉涌,咯血不止

追寻竹间细草,春雨湿润
细细研读字里行间的美妙
颜如玉,如此暗淡
黄金屋,粗鄙无聊

二八少年,止步竹西
此后三十年,夜夜梦回佳处
上一个千年的婉约
足够下一个千年豪放

2019年4月

谁的余香在我的手上

秦　风

玫瑰的刺是余香的手
所有的情爱都紧紧地捂着胸口
心痛的时候　玫瑰就裂口绽开
最初的一滴血叫喊着我的名字
爱会不知羞耻的全部给你
撕下伊甸园最后一片遮挡的叶
爱的城堡：太阳的裸体与星月的香
想握你时　手发着欲望的香
你的背影与玫瑰的刺一样尖锐
刺是一把寒光闪闪的钥匙
把这秋风秋雨秋云一一划破
爱在无数次热烈破碎中
给恨涂抹上不同的颜色
渴望风再度吹起
风起的时候花就开了
渴望行走在风的方向
风来的方向有手的余香

2019年4月

走在胡杨林中

沙 克

这戈壁滩的胡扬林
个性沉实,披着黄绒绒的狼毛
从灰变黑的枝杈,是百岁的手指骨
在气流中扯动沙土下的筋

每一根筋都通着湿地的水泊
天穹幽蓝,幽蓝在水中
莫名的鸟雀肆意翻飞
无一例外把渺小的倒影陷入淤泥

黄叶铺地,碎小轻软的黄叶
浮在水上了无音息
让行走的心被静寞感动
没有路也走着,没有果实做导引
也走着,被踩到的已知和未知
全都没有吭一声

行走的心跳动着纯真和含蓄
仿佛初爱,一次次初爱
成为胡杨林对此生和再生的绝对拥有

骨干灰黑,粗裂,狼毛粉黄
屈曲的蟒蛇在剥落鳞屑
微微释放温度

行走的心有一把胡杨木的尺子
衡量着生态冷暖
一截手指骨,一叶粉黄
足可以安抚十里方圆
足可以养活水泊里的微生物

　　　　　　原载《朔方》2019年第4期

与鸿有关的五面镜子(节选)

舒　然(新加坡)

一、古铜镜
以铜为镜,可以正衣冠
鸿,努力地磨着他的铜镜
月圆时镜中人说:
"明月几时有,把酒问青天。"
月缺时镜中人说:
"仰天大笑出门去,我辈岂是蓬蒿人。"
月黑时镜中人说:
"才子词人,自是白衣卿相。"
古铜镜照着他的神
却从来都看不清自己

五、菱花镜
菱花镜是鸿送给我的生日礼物
背面有五瓣丁香的花纹

镜子跟着我漂洋过海很多年
但它把我照得偏瘦

2019年4月

先把东风用完

王爱民

树让出一个座位
鞋让出一条道路
相见让出怀念

先把东风用完
再交出手里的西风
风里的哭声

时间空出一半
一半是春山的空
另一半是回来的小径

细浪一样地活着
很多河水都会从眼眶里回来

原载《山东文学》2019年第4期

那年，4月

王　爽

那年4月的阳光
模糊又躲闪
我们面对面坐着
也许你正望着我
也许我只望着手边的
咖啡

藏在咖啡杯里的心跳
在目光中时急
时缓

当夕阳找到我们的时候
咖啡渐凉
心思凝结在指尖

那年4月的眼睛
明澈又温暖

2019年4月

夜晚无眠

王长征

少有足迹造访
偏僻的山间秘处
虽然清澈的温泉做招牌
也只有零星的旅人夜宿

温和的服务员慵懒得在打盹
被我叫醒以后
用善良的微笑告诉我
翻过山头就是福建
寂寞独孤的烧烤摊
因为生意冷淡
好像刚哭过一场

我们静静凝听
黑夜里破空的猫头鹰
藏起一滴滚动的泪
唯一有生气的地方
是几只发黄的灯下
各种虫子在狂欢

两位刚出浴的大娘
兴高采烈走来
嘴里机关枪一样吐着
陌生而古老的语法

露天的卡拉OK
被梦游者吵醒
山神做起了灯红酒绿的梦

2019年4月

曹 植

徐春芳

几茎黄豆的苦根
燃烧着宫斗的剧情

一步,两步,三步……七步
词语,成就了诗人

刀剑没有撼动
诗人的舍利金身
皇位没有压垮
诗人的金刚怒目

当岁月成为灰烬
留下来的只有——
智慧和诗句淬炼出来的合金

原载《上海诗人》2019年第4期

过贵南草原

杨廷成

我走遍青海大地
只为期待这一季青稞的成熟

3月雨从辽远的天空中飘洒
5月花在广阔的大地上盛开
才有了眼前这风吹麦浪的庄稼

雪峰守望着你圣洁的灵魂
山风劲吹着你坦荡的胸襟

这一垄又一垄金黄的麦地
阳光下每一株穗子低垂感恩的头颅
月色里每一支麦芒挑着深情的泪珠

十万亩青稞为这个季节尽情舞蹈
十万盏酒杯为这个良宵肆意欢呼

今夜草原无眠
这照亮了半个天空的篝火
将燃烧起风暴般掠过旷野的酒歌

原载《延河》2019年第4期

浪花孩子

叶逢平

一直喜欢，我天天搭理大海——

爬在海风中
像一只有比喻的小螃蟹
孩子，你不懂与谁为敌——
无论从浊流，到狂澜
直至，你看不懂沙滩上浮动的垃圾

波浪掀掉，大海肮脏的另一面
无非像拧开春天的航标灯
新的光叠上旧的，越加越亮
孩子，你也许是沙滩上爬动的小灯塔

孩子，爬吧！我继续赞美你：
妙龄的浪花呵，你是海神的孩子

原载《浙江诗人》2019年第4期

观音桥路遇一树梨花

银 莲

你站在河边冲我招手
我看得见
你花满枝头开口唱歌
我听得见

起个大清早
头顶露水出门
一直走到太阳落山
只为走到你身边

嘎达山,观音庙
就这样在一朵花里闭关
焚香,打坐,念经

我们之间的缘分
纵使只有这一天
遇见你之后
这一生就少了遗憾

原载《草地》2019年第4期

沅 江

张 战

白鹭惊起时慌慌的
女人喊你时声音碎碎的

他唱着野山歌痛痛的
你要去的渡口
那里的青石板空空的

野鸭子生蛋青青的
风吹着野苇火
野苇的灰烬白白的

沅水流得笨笨的
它的声音是低低的

原载《诗刊》2019年4月号

我和他们一样

庄 凌

岸边的树,很清瘦
在风雨里更觉得可怜
桥上骑着电动车的人
穿着雨衣,匆匆赶路
从早到晚像一只钟表
我坐在公交车上和他们擦肩而过
和他们一样,面无表情
这个城市一直在没完没了的下雨
树木,人群,命运都泡在水中
我和他们一样
改变不了什么
只有没完没了的奔波

原载《江南诗》2019年第4期

捞　月

庄晓明

幻象无法捕捉
但并不拒绝
互动的游戏

一轮水月
在幽冷的水与手心之间
循环，传递

一种节律
银色的活塞
虚无中推运

这个夜晚
地球的轨道发生了偏移
但无人知觉

原载《扬子江诗刊》2019年第4期

维利奇卡古盐矿博物馆

蔡启发

往开挖的岩层里,如蛇般汹涌而进
不分肤色的人踩着松木的楼道
一拨又一拨走成向下的力量

洞穴里有仿若茅屋所破的地方
泛白的盐花,咸味十足
错落的岩咒架上有致的栈道
如鼠状的铆钉楔或镂
都凿出苦难的天赋与异禀的建筑

劳工的场面集中在祈祷堂
达·芬奇的《最后的晚餐》
雕塑出罕见的览胜图
亮色在手机的点缀中迷失方向

零等级的世遗,栩栩如生
在深处的圣金加教堂前
所有的游客都成了采矿的小矮人

原载《天津文学》2019年4月号

写给5月4日

杨佴旻

五千年太短　一百年太长
每年的5月4日　一百年
一百个五四
我低着头　走在散发着山杏花香

5月4日的路上
我们在路上　你看不清方向

2019年4月

镜头里的庐陵老街

游 华

谁也阻止不了镜头的欢唱
尤其是行走在古后河畔
春雨拂面而来的老街上
每一丝空气中
每一个时间缝隙里
每一句话语间
每一步起落之时

大光圈诠释着每一张脸谱
小光圈透视着老街的未来
微距中看细节
长焦里探视走失千年的清明上图
在焦距的伸缩之间
哪怕是一毫米
也是诗人吟哦出的长短句
每一处焦点都能触发思想的火花

镜头时而仰望
测试那古街的高度
又不间断的俯瞰
那是站在时间之上的
一览众山小的远大情怀

镜头永远是站着歌唱的

一旦躺下的时候
庐陵老街已走进历史
成为江南一处美丽的人文风景
让后代诗人聆听岁月的一首老歌

        2019年4月

古 音

高 璨

我与历史不仅相隔土地
还相隔歌声

相同的文字
不同的发声学

故乡原有不一样的乳名
路也有不一样的去处

你说话　用古声
那些叶子会不会一片片地动

它们听一样的故事
一些长到空中
一些变成风

原载《诗刊》2019年第4期

光

王 忆

如果你不再惧怕黑暗
说明你眼中已点亮明灯
如果黑夜仍会使你欢乐
说明你心底已有了盼望
盼望是火,是灯,是光
这样的光
竟然叫人将黑夜遗忘
这样的光
使人懂得满足,明白珍惜
就是这样一束光
是不被时间冲刷的雨露
太多过往或告别
都转变得不再可怕
只要心不曾沧桑
即使彻夜未眠
也依然光芒万丈

选自作者诗集《在寂静里逆生长》
2019年4月

诗人的天职

吕　达

当海面上夜幕降临
佩内洛普摆脱了讨厌的求爱者
换上圣袍
走出皇宫
面对海洋歌唱
期待歌声能传到茫茫海面的另一端
导航塔的火炬彻夜长明
白色的纽扣纯洁
躺在她的手心
一心等待回忆与焦虑将织物完成
而她感到自己躺在一艘巨大的
轮船上
命运之神将舵盘随意调转
并不知道她在等一个人
她一边拆手中的布匹
一边用冰山般的调式哀吟：
只要他回来
她就可以卸任

2019年4月

五月

热
——赠小叶子

树 才

像一朵火焰
突然蹿起来的

但很快
真的很快
火就四处蔓延开来

现在大地的主人
就叫热了

他姓热
他的全名
一个小孩子猜着了——

"热死了!"

太阳这个火神
他下手可真狠啊
地面被烤得嗞嗞响

我走在无遮拦的街上
脸自动就皱缩起来

好像能夹住
一丝丝阳光

云都躲起来了
反正一朵也看不见
天空也怕热吗?

怕热的人
都躲在屋檐下
或树荫里

两个快递小哥
干脆蹲在地上
一个掏出香烟

另一个掏出打火机
我真担心——
他会把空气点着了

2019年5月

泡沫简史

陈先发

炽烈人世炙我如炭
也赠我小片阴翳清凉如斯
我未曾像薇依和僧璨那样以
苦行来医治人生的断裂
我没有蒸沙作饭的胃口
也尚未产生割肉伺虎的胆气
我生于万木清新的河岸
是一排排泡沫
来敲我的门
我知道前仆后继的死
必须让位于这争分夺秒的破裂
暮晚的河面,流漩相接
我看着无边的泡沫破裂
在它们破裂并恢复为流水之前
有一种神秘力量尚未命名
仿佛思想的怪物正
无依无靠隐身其中
我知道把一个个语言与意志的
破裂连接起来舞动
乃是我终生的工作
必须惜己如蝼蚁
我的大厦正建筑在空空如也的泡沫上

原载《大家》2019年第5期

刺猬简史

臧 棣

白天睡觉,梦见这世界
既不是天堂也不是地狱
无非也就传统领地被剥夺了原貌
露出一片坑洼,工地看上去像禁区
但只要旋转继续蔚蓝,泡沫就巨大

入夜后,顽强的胃口
将沧桑吞咽成一个旧爱——
幼虫很多,蚂蚁最蛋白
在其中,大量有害的传染源
转化成它的排泄物,滋养草木

一边出风头,一边欣欣向荣
温顺是它的拿手戏,但假如
你的爱足够温情,它也会耐心地
教你领略那粗短的棘刺上
光泽度的变化究竟意味着什么

据说,冬眠时,它能将体温调节到
零下7度,堪称世界上体温最低的
啮齿类动物;所以,异样的响动
一旦来自午夜的坡地,不必怀疑
它的苏醒中也包含着你的清醒

2019年5月

散步伊豆公园

黄亚洲

世间的心旷神怡,莫过于伊豆公园散步
游步道是青藤吗,纠缠了这么多的松树、朴树
与橡树
何况,其时又逢早春
更何况,七八滴春雨,兰花指一样,敲打伞面

雨滴趴在一条条出芽的树枝上
这是透明的甲虫吗

更何况,这条波浪般起伏的游步道
是围绕一家美术馆蜿蜒的
作为围绕艺术的一粒行星,我
今日之闲适,自然平添三分神气

一块告示牌对我说,游步道周围出没的
是野猪、灰兔、狐狸与日本鹿
忽然就动了念头,想把我自己
也添上去

四野一片寂静
并没有什么跑来亲近我,那就
且将伞面雨滴,当作蹄声吧

野猪、灰兔、狐狸与日本鹿

你们与我,也只有
一张纸的距离

　　　　　　　原载《诗刊》2019年5月号

青铜器

刘以林

年轻、血液充沛的青铜器
它说古老只是一种秘密

在河流升高、朝代下落和舵手渐渐死亡的日子
泥土炸开,它起身,有点疼痛
小小的几千年的距离需要一把尺子
需要一张纸在旁边清晰地书写

它告诉开口者:"你将比任何时候更加感到孤独"

青铜器在我的对面不是老者、士兵或金子
它有绝不生锈的子弹,以及寂静
白天夜里,它都敲文明的钟震撼大地的凄凉

2019年5月

藏匿者怎样像一个陌生人一样藏匿自己

阎 安

蓝蝴蝶和它无用的蓝
在向着黑暗的飞翔中消失
一颗碎裂的星星和它遗落在陨石中的风
在近乎无用的内在的吹拂中消失
树叶寂静于空茫之中
月亮隐匿于
比白花花的旷野更加空茫的空茫中

紧随着一个异人行走的方向
秘密的迁徙者是一只蜘蛛
很多人堆积在大路口
离而又去变动不居的地方
墙壁像帷幕也像帐篷的地方
仿佛挂在幕墙上的一幅怪物草图
你再也见不到蜘蛛的身影

你认识的人都是陌生人
异乡人蜘蛛一样不受约束的狂徒
他们带着幻影般精确的阴郁气质
仿佛藏匿者一样来自外地

原载《诗歌月刊》2019年第5期

阅读哈尼梯田

雨 田

6月的哈尼　血丝般的铁的锈蚀穿越黄昏
我看见沉积的云朵刻刀般清晰　坠落如深潭的黑夜
晚风伸出修长的手指　缓缓地搅动山寨的夜色
那个躲在云层背后的哈尼姑娘　一边唱着情歌
一边点亮夜空里的星星　等待那枚酿熟的月亮

是的　这里不仅有白云　蓝天　飞鸟　乡音和野花
最初的视野里是一弯弯粼粼的波光　还有起伏的神秘
曲折之水在弯曲的寂静之上　滋润着哈尼人的光环
我知道他们原始的灵魂都赤裸裸地嵌在半山腰上
自由的生命在时光里充满真实　我已迷醉在其中

我在多依树享受日出的风景　好像被宁静的风吸了进去
犹豫中我变得更加苍白　我绝不怀疑眼前的白云虚无
活了几十年才明白天是无边的　当太阳压过枝头时
蝉鸣和梯田里的蛙叫声不分上下　6月的哈尼山寨姿色
隐藏在哈尼人生活的情趣里　水就是他们的丰碑

原载《天水晚报》2019年5月30日

暗处的对峙不值一提

唐成茂

我是个行色匆匆的人　背着胆怯和贫穷
背着孤独和明亮
回家
我喜欢摸着黑赶路　在卑微中把干净的人生
带得更远一些
我常常披着星星远足　那是从心灵深处
升起的一米阳光
从此　我靠灵魂的闪烁　照亮前路
把温情留给世界

我是个行色匆匆的人
夜里也睁着一双诗歌的眼睛
睁开眼睛就看到了躲藏的东西
对我而言　暗处的对峙不值一提

我是个行色匆匆的过客　本不属于这座城市
也不索求名分
我穿米黄色工衣　用品性将人生裹得更紧一些
这种布料硬挺的衣服　能够遮挡流言和风雨
人一旦有了身体上的挺直
人生又能弯曲到哪里去

2019年5月

乌云滚滚

李　强

乌云滚滚
蚂蚁匆匆赶路
它们推着粮食
往家里赶
更卖力一些
它们空着手
往家里赶
步子再快一些
它们不抬头

它们不抬头
也知道乌云来了
也知道乌云来了
不是来做慈善的

乌云滚滚
从武昌到汉口到汉阳
不动产们一动不动
太胖了
挪不动
也无处藏身
只好一动不动
一副死猪不怕开水烫的样子

原载《扬子江诗刊》2019年第5期

蓝色蜻蜓

刘　春

初见的一刻我就被击倒了
这轻盈、秀美与沉静
都似曾相识

整个下午我都呆呆地
看她站立、舞动,飞走又回来
像多年前那样

那蓝色衣衫比溪水还清
比初恋还薄
像多年前那样

终于,没有任何先兆
她悄然离去
那地方太远了,非我目力所及

许久以后,我仍站在原地
盯着溪边空空的石面
不言不语

我想念一只蓝色蜻蜓
像想着多年以前悄悄离开的
那个人

2019年5月

西夏王陵

若　离

一个在历史中被消亡的国
崛起一座座不倒的坟墓
十位帝王,九座坟墓
缺席的那位,丢失了高贵而卑微的头颅

走进西夏王陵
如同走进戈壁荒漠
漫天风沙与柳絮,如刀剑缠绕指柔
4月来过,未曾种下芳草萋萋
唯有荒凉,为历史佐证

陵园里唯一的陪伴,是酸枣树
这是种奇怪的树
长在春天,却讲着秋天的故事
半面枯黄,半面葱郁,

王把江山葬在这里
连同,春天一起埋葬
一个叫西夏的王国在这里消失
又用白骨在这里堆砌

原载《海燕》2019年5月号

包座战役遗址

蓝 晓

黄褐色的残墙静默站立
齐人深的蒿草把岁月摇醒
时光涌来，炮火点燃四围的松林

那个时候，包座的枪膛蓄满火焰
"嗖嗖"的子弹下着流星雨
夜色暗沉，目光充满坚毅

纵使敌人的碉堡林立
也阻挡不了突围的决心
因为年轻的心里，装着明天的曙光

鲜血染红草茎，青春站成松林
刺刀的光亮，把冲锋的号角牵引
冲破一道道关隘向着北方挺进

今天，鸟雀的鸣叫越过头顶
火药的味道早已散去
有些故事在草丛里生长，在草丛里隐去

原载《草地》2019年第5期

当　时

康　城

你在那里,海边的石头房子
听到比海更震颤的涛声
我的书桌上,平静是虚幻的词
我们现在的笔,并不是笔
只是唱片的指针

不是纸和笔的对话,最好有镜子
看见我们的真实,镜子没能力虚构
一个人的起伏曲线

每个人上场的机会均等
我银行里的储蓄并不丰厚
只有嘴唇和鼻子
不适合向公众言说的新闻和旧事
恐惧、焦虑、压力、快乐的美妙身体

我在书桌上写下的你
只是简单的语词
不可能是你的复制
香气透不过一张纸

2019年5月

弧　线

杨玄澈

在我小的时候
那些白杨树曾经高耸入云
田野间纵横着的斑斓小径
通往日落之所
浩瀚世界的尽头

古铜色的风乘着弧线
拉开羽毛的疆域
一页页日光的影子
翻越过我的小径
只有白杨永远等待着
不知何时才会赶来的消息

它挺拔的身姿向着辽远
眺望无法看见的未来
我行走其下
宛如渺小的一片蝴蝶
漂浮在金色薄暮的风里
鳞片与时间一同散开
宇宙间遍彻枝叶摇曳的回应声

那个无限接近黄昏的下午
我曾不停息地朝将沉的日轮跋涉
两畔堆叠的稻草一浪连接一浪

如同后撤的告别
送我离开尘埃中的故园

如果有一天抵达
我是否还会回来?

原载《中国作家》2019年第5期

葫芦岛事件

赵林云

那辆车,冲进人群
葫芦岛瞬间碎为两段
那些孩子,就像是几片落叶
飘起来,又落回地上

放学的孩子,再也回不到家
就像落下的夕阳,再也没能升起
道德的眼,为悲哀充满

有的父母,紧紧抱住孩子
很长时间都不撒手
就像抱着一截没有叶子的树桩
就像抱着一截渐渐冰凉的噩梦

那些孩子,像落叶一样
在空中飞起来
很快,就坠进这个永恒的冬天

原载《山东文学》2019年第5期

为你做一只粽子

徐祯霞

我要为你做一只粽子
一枚世界上最大的粽子
以大地为叶
以沙粒为米
用坚贞与风骨当佐料
精心包制而成
然后搬运到汨罗江边
以最大的声势将它投入江中
不为喂鲨鱼
也不为给屈原解饥
只为让人们记住
记住这个不寻常的日子
——五月初五
以及那个以身殉国的三闾大夫

2019年5月

秋天的童话

五 噶

秋风凉凉的来了
向我奏书——
拟率领全村的落叶
攻打邻村洛嘎，三日之内
攻下洛嘎，十日之内
攻下存米、内普洛、史垮底
想想届时所有十里八乡的落叶任我差遣
我大笔一挥：准奏
于是秋风率领着万千的落叶
浩浩荡荡地出发了
这一去便没有再回来
没有落叶的秋天
我注定是孤独的王
我只好向时光女神预支了来年的落叶
铺在冬天必经的路上
迎接圣洁的雪花

原载《壹读》2019年第5期

腕　表

王彦山

我有一块腕表
珐琅表盘，透底
自动机械上链，我走
它就走，我睡着了
好像它也在休息
不戴的时候，我给它
一圈圈地上弦，好让它
离开我，也有走下去的动力
没事的时候
我喜欢把它放在耳边
聆听它在一阵京韵大鼓之后
踩着小碎步在黑暗中
踢踢踏踏地登台
又喜欢看它在表壳里
安安静静待着，内部
却相互咬合又依存着
朝着一个永恒的方向
不停转动，仿佛一个
永远无法示人的阴谋

原载《百花洲》2019年第5期

最年轻的一天

沈秋伟

这是余生最年轻的一天
晚春的风铃草在笑
一缕甜味篡改了生命进程
恰似文字已渐入禅境
夕照却燎着了暮云的衣角
心头水草在余晖里轻摇
你的笑,惊起一滩旧鸥鹭

甜到哀伤已成过往
在余生最年轻的一天
光阴虽已渐渐疏朗
却还是人间织锦的好材料
哪怕山河早已薄凉
哪怕诗里尽是些道人与仙家
句中云雾却还在缭绕

这一生写废了太多日子
且把余下的每一天
都视作一场重生
让词中的每一对平仄
都长出蜂翅和蝶翼
在你名字的香甜里翻飞
只想博你回眸一笑
帮我卸下一生的繁复与纷扰

原载《人民公安报》2019年5月24日

死亡是另一种灿烂

钱轩毅

杏叶在冷风的拂尘下化蝶
死亡是另一种灿烂,它不喊疼
每一只蝴蝶都从容离开
明月别枝,枝是临时客栈,它知晓
生命这一趟旅行,匆匆又催催
从大地开始,到大地结束
金黄不仅仅表达收获的炫耀
许多时候,坚守也不见得更有意义
这个世界需要删繁就简
看,树枝林立,天空多么空旷
来吧,飞翔!或者模拟飞翔
作为一枚银杏叶,翅膀只能用一次
死亡也只能用一次,那就用来
作别这个冬天,或人间

原载《绿风》2019年第5期

骨　头

欧阳清清

伸出手,才知道得到那么难
而自己的付出多么轻易

过于谦卑,就是自取其辱
过于心软,就是低贱

别人都那么贵
我也在我的善良里增加骨头的重量

2019年5月

顽 皮

马志刚

南子由于顽皮
激怒了孔子
并留下了近之则不逊、远之则怨的古训

西门庆过于顽皮
被潘金莲的妩媚断送了性命
留下一连串的祸端

希特勒和东条英机也过于顽皮
把世界搅得日夜不宁
居然有右翼分子想为他们平反

在我写这首诗的时候
突然有个诈骗电话
谎称金融机构无需担保贷款
我的半颗牙差点被他的顽皮
扒拉到地上

2019年5月

腰间的闪电

陆燕姜

来。我们置换身体
构图新的孤独
你的幻觉和我的幻觉叠加在一起
我们假装相爱太久了
以致看上去就像真的恋人

现在。让我重新发明你
风轻轻吹过
我柔软的腰肢藏着的闪电
便要触击到生活
墨质的忧伤

原载《人民文学》2019年第5期

终结之爱

梁潇霏

它们在笼子里
目睹同类被拎出去宰杀——
刀光闪耀,剁成碎块

下一个有可能就是自己
它们因惊怖而颤抖,不安地叫唤
眼睛里都是绝望

只有一只沉浸在爱情中的花母鸡
依偎在红公鸡身旁,看上去平静而幸福

她甚至温柔地给情郎啄去了
落在他俊俏身体上的一根草棍儿

原载《星火》2019年5月号

梦的右边

李川李不川

梦的左边我正在古埃及
攀爬金字塔
口渴时遇见斯芬克斯
它狮身人面
梦的右边正下着暴雨
睁眼看天花板,雷竟是真的

白猫和黑猫不言不语
在梦的中间做爱,黄昏降临

2019年5月

匙儿巷恋曲

黄挺松

从来不会借道于你的身体
一条巷子如果旧下来
不断深起来
那是因为你体内泌出的雨水
越来越稀疏,和轻薄

我的匙儿巷,墙根的嬉戏
和墙肩的爬藤,我和你
多么像不曾探身过光阴的窄门
而少女你卸下的素妆一旦

衣袂飘飘,巷外跑动的四季
年与年分明。匙儿巷埋着
何时以来,越来越深寂的今夜

不曾熄尽的,无非那些小顽石
再璀璨的灯火也难以覆暗
匙儿巷角,那群矮头的星星
它们硌着我,不时疲倦的左脚

原载《诗刊》2019年5月号

樱桃自远方来

郭新民

她说,远方的樱桃
长着翅膀翩翩飞来
带着甜甜的蜜意柔情
带着友人温馨的问候
这个夏日,让人记忆
让人无比感动和陶醉

樱桃是多么可口
难得寄情于山水之间
难得是栽树人辛勤劳作
让人想起天庭蟠桃盛会
想到太上老君苦炼金丹
想到一骑红尘荔枝飞来

哦,一枚樱桃
是一片冰心
不在王昌龄的玉壶
在穿越时光的快递中幻化
在网络神奇的世界里翱翔
在蒋殊恬静的心壶
美滋滋煮沸

2019年5月草于并州

雕刻者

郭建芳

我退到时光的背后
静下来,屏住呼吸
听雷声轰鸣,听雨声凌厉
爱情喑哑,失去水分
一些发光的事物
变得更加柔软
渐渐褪去思念,被风一点一点带走

骨髓里的火焰喷薄而出
无论白昼、夜晚还是四季
都有子母刀雕琢过的痕迹
一些孤独被冲上沙滩
连同黄昏和晚潮

从中的花蕾被一次次放逐
又被黎明的微光,再次缅怀
一些事物
注定会比时间更加深刻、更有力量

原载《诗刊》2019年第5期

无 题

邓醒群

夕阳饮血，吞下秋香之水
沙子坝，曾经长满稻穗的田园
昔日非富即贵之人的乐土

如今，在努力抗拒宿命运的安排
转角处，仲夏的风撞伤我的腰

阿婆问，拍这些房子
政府出钱维修吗？无法回答

我，快步往巷子的尽头走去
秋香江畔，对岸庙堂高处
站着说话的神，说出了连他都不敢相信的话

此时，听到巨大的响声
远处的山击落了，不可一世的日头

原载《中国诗人》2019年第5期

塑料人

陈雨吟

柜台上　两只明码标价的猴脸塑料人
有手有脚　没有心
语言　深深撕裂假象的汽水
大呼小叫虐饱了诗意

发焦的甜蜜素　自私包裹着温暾的外壳
游离　拖沓着布胶的四肢
眼白斜斜地打开　定格
潜台词里高喊　我们是最高级的生物

呵斥　在煮了半开的水中蓬勃
一切的一切　看似烙印着应该字样的奴仆
臆想症开始　俯首、祈祷、刻骨的哀悼

嗓子里喷出了生锈的铁螺丝
克隆版本的自恋胆大造反
无知贱卖了素养　五元一只八元一对
童声咿呀的私语：妈妈，这是三无产品

2019年5月

世界的光源就这样被全部取走

安海茵

总想在一天之内遍访群山
我总是想走到更高一点的地方
跟随光阴的手指弹拨每一片叶子
无愧于纵深处的婆娑
清晨时分　那镀金的云杉深微而磊落
披挂了朝露的甜蜜抑或懵懂
松树挥舞着细锐的闪电的武器
探秘繁华处的一次次眨眼
看穿小鹿的呓语
和山脊处那些飞鸟啼血的旧影子

山岭迷雾般吞没落日
世界的光源就这样被全部取走
而我还在山中
在天问中确认金色星辰的位置
巨兽般的山谷有一种体面的苍凉
不需要摇篮曲
更无处安置隐喻的镜子……
山的挺拔一如往昔
还是我们熟知的样子
只是它们突然集体沉默下来
什么都不说

原载《绿风》2019年第5期

月亮睫毛

蔡英明

我捧着月亮的睫毛
亲吻过往遗弃的花朵
与愤怒的人

我原谅了
原谅落日一日之内
不曾两次

原谅我的灵魂
与记忆永远断裂

我一如既往地透明
如同月亮的睫毛

轻轻地，吻我的锁骨吧
它是深山的峡谷
埋着升起的圆月
是你从未使用过的孤独

2019年5月

让秋天去管辖宇宙吧

黄惠波

在这迷人的秋天
我顿失语言之能力
但我突然有了
百倍的视觉
和千万倍
心灵的感应
我看见了两棵树
正在恋爱
我看见了所有的森林
都在恋爱
我感应到全世界都
沐浴在爱河中
我感应到地球与天外都
沐浴在爱河中
秋天哟,你又一次向我证实
你本是天上的季节
一年一度流落在人间
那就让秋天去管辖宇宙吧
免除彗星撞击地球之厄运

2019年5月

一片树叶落下的声音

眉　儿

在3月,走进翠绿
拟好一年的收成

一片树叶和别的树叶没有区别
脸色一样,姿态一样
风起时的响声也几乎一样
树叶下面的人
他们的心不一样
讲他们故事的人也有差别
有的人不如一片树叶
有的人比树叶还轻

我来不及告诉你
一片树叶落下的声音
和风吹过我嘴唇的心情,类似
我听到了光阴在树叶上
滴落的声音

2019年5月

江山和美人一同醒来

冬雪夏荷

沿着时间的瞳孔
今夜　你进入我的梦
趁着月光未老
江山和美人
一同苏醒

面朝唐诗　春暖花开
大唐小赋里　遇见
最娇羞的背影
故事也多情　千古等一回
是爱
千年也可以
穿越

元宵背着十二个月
背着十二个月的思念
一切爱恨情仇都在这首诗里
空谈误国　袖口里藏着哭声
为博你一笑
我愿流离失所

2019年5月

裂　痕

野　松

裂痕，不在田地，不在墙壁
坚硬的石块，锐利的刀刃
都是罪恶所附的物体

尽管肉体拒绝生锈的箭镞
仰望名利为上帝之兽的黑手
依然在暗处向着黎明猛烈发射

这些荒漠上新生的芨芨草
身躯单薄却已闪烁着诗意的光芒
蟋蟀们认为这是远离它们的异类

白眼从来就存在于墙头
时间是风向最佳的验证师
长空雁叫，谁立关山遥指苍茫

冲锋号已在转折处吹响
从裂痕的滚滚尘沙中突围
星光照着戈壁，月光照着海洋

2019年5月

可爱的竹林

海 洋

竹林的波浪如煽起的梦
如此温柔的挑逗
闪身而入
挤开了忧伤、烦恼和杂念
历史记录被暂时清空
空出一片稀薄的天空
粉尘害羞啊！悄悄远去

竹子招手，鞠躬
被风说成谦卑
而我却解读为真切的示爱
你看，我脸上的唇印
生长着一排竹林
滑过的叶尖如柔软的长发
轻轻地抽打，犹如爱的前奏

有人说竹子无心
摇摆不定，轻浮惹风
我却认为
竹子为我设下了一道填空题
等待我用爱去填写

2019年5月

告　辞

吴　涛

我们说了有多少话
我记不起来
说的话没有踪影
形同废话
撑满了一些时空
撑得年龄又虚长了一岁
那些日子皆荒芜
阳光明媚给了其他
我们就像影子
好似没有存在价值
现在，他提醒告辞
这个词真如一块石头
真实，沉重，阳光下金灿灿

原载《山西文学》2019年5月号

造 物

师力斌

黄土叠加了水泥通道,这是现代
道旁叠加了一排国槐,这是绿化
槐下叠加草皮,这是整形
五年之后,草皮上叠加健身器材
休闲的居民从未见过建设者
一场雨叠加深秋,露出湿漉漉的天意
就在上周,北京一冬的干旱之际
一场雪叠加到楼下,上面飞机轰鸣
下面特意叠加了三个活蹦乱跳的孩子
那一刻,在七楼向外张望的我
被阳光叠加在欣悦的空中

原载《湘江文艺》2019年第5期

六 月

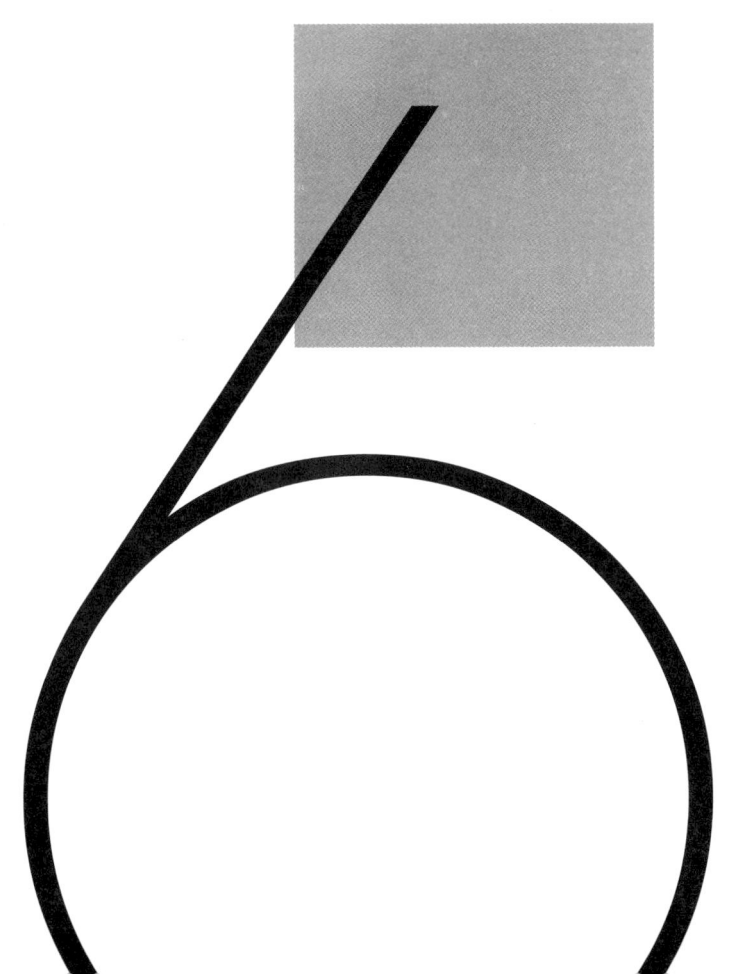

一块地

田　禾

一块地，过去生产队种荞麦
种过两年苎麻，后来什么都不种了
成了一块荒地。父亲心疼死了
用铁锹翻地，他身体的周围
涌起一阵黄土
然后把半升蚕豆的种子点进地里
同时也把一粒农谚种了进去
种子的壳让3月的雷砸开
随后一场春雨降下
豆苗出土，父亲给它施肥
长出杂草，就把它锄掉
后来蚕豆花按时开了
那被风吹薄的紫色的花瓣
转瞬像怀了爱情一样结满豆荚

　　　　　原载《诗刊》上半月刊2019年第6期

诗歌版图
——给阿多尼斯

田　原（日本）

正面看
你的诗歌版图是方形
侧面看
又是椭圆

版图上流淌着两条河
一条穿越沙漠流入波斯湾
另一条是界河
将巴黎分成两半

语言是你的领土
诗歌是你的家园
想象是你的翅膀
哲学是你的沉默

你以流沙的激情眷恋大漠
你以骆驼的坚韧寻找绿洲
你是受难的风
受难的水、受难的笑容、受难的雷声

你脖子上的红围巾
是一条红色河流
环绕地球流动

这是你生命的长度
是一句阿拉伯语的问候
河的两岸长着形状各异的树木
不同的粗细、不同的叶子、不同的花蕾
河面上漂着大小不一的船只
载着难民、载着尸首、载着军火、载着石油

流亡是一条虚线
连接着故乡与异乡
孤独是长满刺的玫瑰
独自绽放，独自枯萎
乡愁是一口无底的深井
等待正午的太阳照进
文明是一面旗帜
被风吹拂得越来越脏

远方
你住过的城镇变成废墟
死者无数，生者无处栖身
独裁者安然无恙
你乘过凉的树被炸成木桩
紧拴着绝望
故乡的黑夜被导弹照亮
受伤的教堂缠满绷带

祈祷声被炮火一次次掩埋

在地球的东方
我在和平的灯光下
默读你的诗章
喝着咖啡想象你这位漂泊的异邦人
多么想说：
诗人走过的地方都是故乡

抬头看一眼客厅悬挂的
——你送我的一幅画
一对儿红人越过颓圮的高墙
自由地——
冲破命运的诅咒、死亡的栅栏……
自由地——
向着良知与正义、向着没有方向的方向……

原载《山花》2019年6月号

南风古灶

苏历铭

古灶最下端的铁门
开启通往云端的通道
五百年来，无数人添加干柴
火焰持续炽烈
烧掉几个朝代，演绎一代代人的
生生死死

多少能工巧匠
耗尽一生无数个昼夜
塑造一件件绝伦的陶瓷
在浴火重生的蜕变里
让柔软的泥土拥有坚硬的灵魂
呈现惊世骇俗的美

我喜欢古灶的朴素
很像内敛的岭南人
默默劳作，不喜声张
每一阵南风吹过
汗水结晶，巧夺天工的一件件陶瓷
浑然天成

在一家新开张的店铺
我买走了一件敞口的花瓶
并不想放置任何花

只想把它当作念想
带往远方,藏在广袤的民间
像出走于明朝的书童
无人说清去向

       2019年6月23日 佛山

6月诗

晓 音

题记：时间让时间，变得模糊不清

时间，它们真的太长了
无数的人走过，他们
只是留下了背影。或是清晨
或是晚夜，也许他们什么也不是
但是，他们真的走过去了

这很像我在春天里看到过的
那些花朵，它们成片成片的开放
在荒芜的山顶上。它们
每一次的绽放都是为了凋谢

是的，它们是在告诉我们
时间会死去，在你每一个不经意的
瞬间，你亲眼目睹的人
你亲身经历的事……

他们和它们
统统会和时间一起走远
而不再回来。所以
我们千万不要和谁说再见

比如公元2019年的6月
过去了，肯定就不会再来

2019年6月

所有的石头都是一样的

刘　川

流星一闪
石头一串
（或者一块）
擦着火花
来到人间
万千个
生活在不如意中
在黑夜里依然
信任着光明
向着它们
（或者它）
跪下来
合掌许愿的人
不如去
采石场
对着那里的
万千块石头
许愿
那里石头多
实现的几率大

原载《星星·诗歌原创》2019年第6期

内陆版块(节选)

海 男

一

从我用耳朵倾听时
外面风声很大,水漫过了井栏
我的母亲正在搓衣板上洗衣服
一块肥皂的香味让我看见了肉色指缝中的泡沫

二

世界很荒谬,因为男人女人
在性别中要隔离。在我穿上裙装时
天亮得很快,枯枝被劈成了细小的柴火
我们围炉而坐,饥饿是那样强烈
只有炉火可以煮沸我们胃里需要的东西

三

天空中飘着雪,妇女们要学会纺织
年老的或青春绽放的
都可以铺开在一匹青黛色布匹之上
她们要织出乳汁下黑色的沙漏
因此,我看见了坚硬和柔软的峡谷

四

篮子里可以空旷如荒原,也可以装满沉重的
石头。于是,我看见了金沙江
那些淘金的人,转眼就掌握了财富的秘密

而只有你,在我头顶上拍着翅膀
炫耀着云穹顶上一束束蓝白色的羽毛

2019年6月

一大早,在地铁口看人来人往

李 斌

脚步快得像是做大事的人
不是养家,就是糊口
神色凝重的像是有大事要发生一样
不是已迟到,就是快迟到

拿包子酸奶的与提馒头豆浆的
认识不认识的思想一统
冲进去的是去上班
冲出来的是来上班
这时候回家的是刚加完班

广播里反复说着不要看手机
但挤上地铁的人看得比上班还用心
那是他们可以依靠的唯一安慰
专家们嘲讽低头族的语录
在朋友圈到处流窜
但他们在生活面前已低头很久了

原载《扬子江诗刊》2019年第6期

那 年

顾 北

短暂之欢以后，亲爱的我们慢下来
这一段旅程犹如冒险
我卖命给砍柴人，现在挑柴下山
黄昏的炊烟如此美好
我理了头发，你剃了眉毛
我穿僧衣，而你什么都没有
就像这世界，明明感觉到存在
却如此无力，欲罢不能
这一年，我能记住的
就这么多

原载《艺术客厅》2019年第6期

狭缝中赏月

段光安

许久没有望月
今日皓月夹在楼顶
窗子连着窗子
筑成玻璃的墙
生命挤于缝隙
一棵棵树扭曲变形
月光泼洒的墨迹
我无法读懂
此刻
真想变成风
从狭缝飞升
而多皱的灵魂却不肯离去
栖在树上聆听
岁月静止
又来去匆匆
只是不动声色
已人去楼空

原载《天津文学》2019年第6期

雨洗过的乌托邦

王舒漫

风,急而黑,雨,凶猛地奔跑在弯曲的过道,啪,一勺雨水甩过我发梢,一个没伞的女孩儿惊慌地从我身后闪过。

我来不及还一个叹词,一串模糊的雨声有节奏地在敲击,她在逃避暴雨的袭击,而我却要接受这浪漫的洗礼……

雨,垂直的下,石子和马路发亮,还是用头方便挡雨,我柔弱的肩头挑起两担湿云,皱巴巴的风雨,平仄的有点诗意,这简单凸显的晕染,像是你,水墨一样的精神。

你有一个梅雨的季节,红霞逃遁,落尽过去的黄昏,现在深远。

接雨,躲雨,显然不是判定软弱与强健,而是一种追溯,追溯搅扰人们安全境遇下美的情结。假如撇开季节,啊,别难过,生命在于痛楚中发亮,雨洗过的眼不会崩溃,但可以摧毁一半哀伤,另一半溶进泪水里,等待长出新鲜的生命。

五色的,爱和美,使生活成为可能,没有虚假的出路,雨落下,或变形,斜飘,或忘情地打开,撒在地面,一水光,美得让我真想哭。大哭,我用脸直面,任其挥霍,抛过沉默的云,转过肩,静听着,有言无言,释放无法动摇的肯定,无需吼叫大片的森林。

看雨,看世界,然后去爱。

2019年6月于上海复旦大学漱月涌泉轩

普希金铜像

陆　子

我知道俄罗斯不缺铜矿
但不知哪个铜矿的铜
为不朽者继续生命
我羡慕是因为我惭愧
拍一拍自己的胸膛
似乎没有铜的回响
想做你风衣上的一粒铜扣
也是我最奢侈的梦想

2019年6月

日　子

刘晓平

日子是陈旧的
也是新鲜的
正如房中的沙发上
总落些新旧的灰尘
但有一种责任
让我踮起脚
站在生活的高度
去亲吻每一个日子冰冷的嘴唇

2019年6月

川南：诗意的归宿

柏常青

一根硬铅笔，写晚年的拐杖、药方和遗书
那些三角梅、芙蓉花，是我的情人和女儿
花为君子开，路顺行者直。没有远方的人
就在川南的竹林里慢慢终老，不需要挽歌

而当下我还要回到河西，把种子送到地头
还要种植、松土、间作、浇水；陪稻草人
捕捉鸟雀和害虫；一起辨识头顶的北斗星
我们拥有灿烂的星光，也拥有无尽的黑暗

2019年6月于眉山

在他乡遇到故小

周伟文

我们说起灯
童年的小油灯就亮了
我们说起牛
一头老水牛亮出了犄角
我们说起池塘
春水漫过了堤坝

我们说起玩陀螺、打水仗、过家家
我们说起摘园艺场的果子
挖生产队的红薯
偷教书先生的避孕套
我们说起红薯藤上的麻雀
枝头的蜻蜓，天空的老鹰
偷鸡的黄鼠狼，公社的电影队
正月的龙灯，破败的小学，不知去向的发小
我们还说起春耕、双抢、秋收、冬种

当我们说起父母
我们同时沉默了
这个他乡的初冬之夜
早早地黑了下来

距 离

杨映红

睁眼闭眼之间
生死相恋的距离

善良邪恶之间
天堂地狱的距离

欢笑痛苦之间
激情泪水的距离

丹唇皓齿之间
缝隙相依的距离

春雨冬雪之间
温暖料峭的距离

地球月亮之间
你我转身的距离

我曾问佛
几世轮回的修炼
才能与你再次回眸相遇
佛，笑而不语

顿悟

世间最远的距离
不是飞鸟和鱼
是曾经相爱的人
渐行渐远

2019年6月

落 日

杨 角

每滑落一次
太阳就会
带走大地上一个人

在这之前
它已带走我的祖父、祖母、母亲和二弟
今又黄昏
四川的天空布满血丝

余生的日子都是难以释怀的日子
余生的黄昏都是悲悯的黄昏

总有一次滑落最终会将我也带去
一想到就要见到
久别的亲人
我有一种想哭的兴奋

原载《中国作家》2019年6月号

我将继续下去

西　木

题记：必须继续下去/我不能继续/我将继续
　　　——萨缪尔·贝克特《无法称呼的人》的结语

我将继续，称呼你
不朽的爱和记忆
我想起塞弗里斯的诗句

"它们在追求什么
我们的灵魂"
这火与石头的港湾

面对波浪滔天的海域
我是岛，你是另一个岛屿
我们聆听彼此的歌声

我将继续，称呼你
这似曾相识的海鸥
永远搏击在爱的海面上

原载《甘肃日报》2019年6月25日

病　中

吴投文

在繁忙的生活里突然插进来一场病
使我孤卧在冬天的床上
仿佛世界离我远去
所有的气息都是虚无的花朵

我摸索着走出身体里的一个房间
看见有人在练习飞行术
一次次从高空跌下
我打着喷嚏，鸡犬之声相闻

难道这就是我灵魂里的远景？
我是一个虚无主义者
对远方怀着隐秘的渴望
隔着隆隆的市声看见纸醉金迷

深冬的寒气汹涌记忆的耻辱
我的喉咙发紧，像守住生死的隘口
唯有那些错过的爱使我感到安宁
难道我可以从一场病中走到我渴望的远方？

一场病是生命中的一场盛宴
我扛上简单的包裹从身体里出走
在无路可走的地方停下来
坐在一块倾颓的墓碑上打开我的诗集

原载《诗林》2019年第6期

安静的世界

文　华

干净的窗玻璃,还原了安静的世界
一眼看得见,四季云烟变幻
104岁的王振明老爷子
除了睡觉吃饭,便是喜欢
坐在凳子上,看窗外
阳光在他脸上流淌
缓慢,温顺,慈祥……

一切显得小心翼翼
朋友的问好,护工的照护
他,双手合十,点头致谢
同志,对不起,我不能站起来了
麻烦您,谢谢您,好人都有福报

一个世纪的光阴,谦卑
让他如此安详

2019年6月

踩点的人

瓦 刀

虚度光阴的人正被光阴虚度
我就像得了妄想症的孩子
用书生意气力排众议

实话告诉你们吧——
那些诗,是我尘世行走的足迹
有的深,有的浅
有的我用蘸血的钢针做了标记
只要你按图索骥
就能找到一匹马精疲力竭的嘶鸣

一只狼趴在高坡,眺望人间烟火
——那就是我
一个来尘世踩点的人
踩踩脚,不带走一粒尘埃

原载《诗潮》2019年6月号

这是我喜欢的时刻(节选)

苏笑嫣

午后东山岭

山风忽东忽西地吹着。在东山岭
一切都忽然静止了下来。比如水流于此
突然折返了身子。比如云朵缓慢,树木庄严
比如风筝和蝴蝶都自有去向,一只麻雀飞过
过一会儿又飞回了原点

我在山间走着,有时停留一会儿
微风里的田野将绿浩浩荡荡地散落一片
湖水用云朵轻轻擦洗着身子。一座山,首先
属于土地,其次是对时间无限的接近
阳光正好,山脊、植物和我平分着光阴

寺前的红丝带在捕捉着风。古树下是大片凉荫
我无所期待,只是静静地坐在那里。时光的轮回
总有小小的悲悯。人们生活得多么用力,又多么
虚张声势。一株草怔了许久,在若有似无的风里
在这个下午,我和它一样,属于沉默又迟缓的木性

原载《重庆文学》2019年第6期

双河洞,弱水三千

娜仁琪琪格

想到十二背后的双河溶洞
我的心,依然颤动
震撼、惊艳、美轮美奂
这样的词汇不足以表达。在玄妙的世界
我睁大双眼,屏住呼吸

弱水三千,明镜高悬
壮阔奔涌的世界,络绎不绝的众神
他们走在朝圣的路上。
我先看到长袍飘然的观音菩萨,
而后就是诸佛。诸佛肃立的对面
是佛祖端坐——
"阿弥陀佛 阿弥陀佛 阿弥陀佛"
我心怀虔敬,颂咏出声

佛祖正在讲经说法
我来到,我看见,我听见
润泽绵延弱水三千
往来的众生都在恩典之中

于剔透的水面上,我悄悄辨识
众神中我认出了太上老君,和他在一起行走的
是个小童子
我所置身的世界,已超越人间的藩篱

而我必然要返回凡尘
带着洞悉的秘密,和一颗敬畏之心

原载《诗潮》2019年第6期

稻草龙

卢 辉

在灯笼的族群里,稻草龙
最不起眼,稻草一条条数十把一大捆
大不了就是一个个庄稼汉,不喝酒
也能颠三倒四

光着脚丫一路飞奔
把草梗当腰杆
把草尖当龙舌
干瘪的穗子算是龙眼,看遍四方
走遍四方吃遍四方喊遍四方

稻草的随从
据说都是龙子龙孙
这样的走街串巷
这样的元宵
没有花俏的灯,没有灯之阳
更没有灯之阴
一路阡陌,一路呐喊
坏了嗓子
团结了稻草

原载《海燕》2019年第6期

我与湖

李建军

在波浪声的叙述中
尝试应和起伏不定的旋律

芦花的白,水草捡起的鸟鸣
被白鹭的翅影轻轻移去

偶尔,湖面平静,波纹
像酣然入梦的罂粟花朵

我的孤岛挡得住风浪吗
扛来远处的青山和落日

在它盛满时光的魔盒里
汲取血液、教诲与创造力

于是,披上蓝天的战袍
驾驭着这匹马,这扁舟……

原载《品位·浙江诗人》2019年第6期

阿骨打的铜鉴

剑　东

我要向这面青铜表达歉意
向他隐藏的火,沉睡中的思考
阿骨打的家国和月亮
　月亮也是一面镜子
我鞠躬时,它轻轻地在摇晃
它也在阿骨打举起的酒杯里晃动过
摇晃有所指,高贵和卑微
分明是一棵树上的两片叶子
一片向阳,一片背阴。秋风吹过
它们在哭泣
哭着哭着就都落进了泥土里

原载《北大荒文化》2019年6月号

草

第广龙

冯河草原的草
我认出来的有羽衣甘蓝
苨草、毛茛
吃草的马
比我更了解这些草
和它们的花朵
马的字典里
这些草另有其名

原载《天水晚报》麦积山副刊2019年6月27日

城市爱情微语（节选）

陈泰灸

杭州

爱情在杭州很简单
成本只需一把伞

广汉

三星堆是刻在中国额头
一段刻骨铭心的爱情
一个人是不是只能拥有
一段刻骨铭心的爱情
我们有许多骨头
还有很多段爱情
可以刻在不同的骨头上

乐山

苏东坡在峰顶吟诗喝酒
大佛在开释三江的爱恨情仇

北京

皇城里编不完的后宫列传
酒吧内看不尽的世态炎凉

原载《诗林》2019年第6期

我在茶马古道上悠扬

牛国臣

来到大理
春天在绿色中荡漾
抬眼满目银光
宝石玉器闪亮街巷
洱海红嘴鸥展翅相迎
蝴蝶泉边恋人成双
阿鹏哥柔情似水
金花妹肆意绽放
帅哥靓女情谊缠绵
觅偶对歌在山间回荡

我站在时光深处
跨上骏马一路沿茶马古道
寻找大唐公主下嫁的方向
萋萋芳草中
格桑花遍野芳香
我仿佛看到文成公主的美丽倩影
松赞干布的迎亲马队
在七彩云朵里延绵数里古乐激扬

采一泓清澈映天的高原圣水
在旷野里歌声嘹亮
伴着雪花银的笑声
袭一身玉石翡翠的光芒

将荡涤心灵的纯净之旅
酿成日月辉映的悠长

2019年6月

人 脉

幽 燕

这一脉上下五千年，脉象芜杂，浮，滑数
有暗道、关卡，骨连着筋，筋游走肌理
腰痛间或眩晕，老中医摸起来莫衷一是

推杯换盏，酒肉穿肠过
小兽与虎共谋一张蜘蛛的网
亮面的寒暄和暗处的算计
就看谁能见招拆招，左右逢源
打通任督二脉

多少肉身想凭此生出翅膀
所谓的鸿鹄之志，扶摇直上三千尺
在人间这盘迷局中
一而再地寻找出口，打磨钥匙
以至于锁孔们也在沉思
叮叮当当的一串开锁钥匙中
这把到底有多重要？

选自作者诗集《脸盲症》
2019年6月

穿越星宿的针孔

郑小琼

穿越星宿的针孔
警示器像黄昏的乌鸦停在钢针机上嘶叫
煤气灯分割的月亮
它四分之一的光与阴影
被酸液灼伤的皮肤
除锈剂在太阳的深处清洗昼与夜

铁,一根工业的肋骨
抚摸饱受铁伤害的城市
生存在切割机下断裂,消逝,绝不妥协

下午沿着螺丝的纹路徐徐而行
楔入黑夜的沼泽
佝偻的月亮像职业病患者
在雾霾下咳喘

超声波起伏、降落,像不知疲倦的饶舌歌手
它不知风趣
睡意从机台爬出来
落在我的眼睑上
绿色的指示灯闪烁
机械手从电镀水池取出一捆捆亮晶晶的黎明
生活从移动滑轮上经过
流逝沉入工业废水池

启动器迅速沉入酸液
黑夜脱去它的黑衣裳
月亮，夜的警报器
它亮着，雪终于没落下
电镀液冒出的浓烟与泡沫
一块铁片在死去或诞生
疼，变得迟疑与疲倦
它们被塞入热处理闷罐，月亮
从天空巨大容器里逃逸

生命囚于天地间
像铁在热处理后变得坚硬

原载《十月》2019年6月号

七月

记一次风雪行

王家新

驱车六十公里——
穿过飘着稀疏雪花的城区
上京承高速,在因结冰而封路的路障前调头
拐进乡村土路,再攀上半山腰
就为了看你一眼,北方披雪的山岭!
多少年未见这纷纷扬扬的大雪了
我们本应欢呼,却一个个
静默下来,在急速的飞雪
和逼人的寒气中,但见岩石惨白,山色变暗
一座座雪岭像变容的巨灵,带着
满山昏溟和山头隐约的烽火台
隐入更苍茫的大气中……
在那一瞬,我看见同行的多多——
一位年近七旬、满脸雪片的诗人
竟像一个孩子流出泪来……

原载《诗刊》2019年第7期

偶遇南京

李　南

没有泥浆的街道
晚秋的蔷薇还未枯败
中山陵游人稀少
大屠杀纪念馆抑郁难耐……
在六朝古都
我的心事太沉重，思想又太苍白
直到你适时地出现
一道强光照彻了我的幽暗
我们聊天，说起家乡和近况
说起蓝色大海和可爱的朋友
我有陈酒，但我们没喝
我新谱的曲子，也没有人会唱
这也足够了——空气中有蜜
灵魂得到了最高奖赏！
唉，美好的事物总有缺憾
11月追赶着12月
可是……世上有一种不期而遇的相见
还有一种不说再见的道别

原载《草堂》2019年第7期

孝

侯 马

我敏锐地发现
我的父亲不与我爷爷
也就是他父亲讲话
在我半大成人的时候
我问我父亲为什么
父亲回答
他厌恶
我爷爷为人自私刻薄
我并不满足父亲
这个道德层面的原因
在我看来
他也一定因为爷爷身份不好
给他人生带来的坎坷而心生埋怨
他也一定感到大学毕业生
与乡村知识分子的隔阂
更重要的是
他们不擅于表达沮丧
羞于表达亲情
父子之间不讲话难道不常见吗
但我从不认为我的父亲不孝
他从不干涉爷爷
对我们兄弟六个的溺爱
从不干涉我们六个
崇拜这位倔强的老人

2019年7月

独　唱

高　兴

合唱团演出时
他总是跑调
不可救药地跑调
引起了众怒

他们终于忍无可忍
经过表决
一致决定将他开除

就这样，他来到旷野
湖边，山脚下
林中空地，成为一名
独唱演员

2019年7月

祖 国

谢克强

一

你是
半坡博物馆里出土的那只陶罐
质朴、丰盈还有几分亮丽

你是
秦始皇统一天下的那把长剑
倚天拄地而立

你是
随州擂鼓墩出土的青铜编钟
轰响一个民族的心律

你是
绵延千里伸向远天的丝绸之路
翻过岁月的坎坷走向平坦

你是
飘扬在天安门广场上的五星红旗
猎猎飞舞迎接新世纪的风雨

二
含在口里
你是我儿时放牧的那片叶笛

和吟诵的唐诗宋词

贴在胸口
你是我远离故土相思的红豆
和饿了充饥的红薯

捧在手上
你是我家祖传的那只青瓷大碗
和我描画未来的彩笔

扛在肩头
你是父亲走向荒漠拓荒的犁铧
和我屹立边哨的枪刺

倚在怀里
你是我母亲饱满多汁的乳房
和妻子温情的手臂

三
迎着熹光
你是一只衔着橄榄枝的白鸽
飞在人类祈祷的瞩望里

穿破黑暗

你是一座熠熠闪烁光华的灯塔
屹立时代风云际会的港口

伴着鼓角
你是女足运动员脚下的足球
角逐在世界的绿茵场上

风雨征途
你是一页历经沧桑才兜满春风的征帆
逆着激流险滩进击

浴着秋阳
你是一棵伤痕累累又勃发生机的大树
挂满甘甜也有点酸涩的果实

2019年7月

太阳和月亮,远方与故乡

杨志学

太阳是你的远方
月亮是我的故乡

多少个盲人在呼唤着自己的太阳
多少个诗人在追逐李白或张若虚的月亮

诗歌的太阳,点燃一代代
少男少女走向远方的激情与渴望
诗歌的月亮,想要擦去
天涯游子脸上的疲惫和忧伤,伴他们回到家乡

原载《上海文学》2019年第7期

卦　象

向以鲜

量子物理学家告诉我
每一种事物都不是孤独的
都有一个，或无数个
相互对应的分身

它们在哪儿？
我是那么急切地想见到
那些与我息息相关的
无穷无尽的故国

这样一想，就不再孤独了
每爱你一次，就有几何级数的爱
向你涌来，我们心之所及
都只是卦象而已

2019年7月

黄宾虹的一生

泉　子

黄宾虹的一生是画人的一生吗?
不，黄宾虹的一生
更是一个儒者
因不断地修行
而终于获得澄澈与通透的一瞬
而黄公望在50岁之前是一名虔诚的道士
并终于用余生勾勒出了
青山，以及人世最初的奔腾

原载《诗刊》2019年第7期

闻香石公山

李 皓

一截疑似从太湖石的窟窿里
透出的桂香
把上山和下山的石板路
切成一段,又一段

每一粒凋落的桂花
不管是丹桂、金桂还是银桂
它们或者被装进了瓶子
或者正在与雨滴细细交谈

等待仙鹤降落的亭子
无人光临的茶社
闲置已久的梅花桩
正在修缮的寺庙

这一切,自然而然的样子
使得石公山不施粉黛
就轻易把暗香递给
每一个过客,每一把伞

原载《安徽文学》2019年第7期

迟暮之花

艾　子

像一只漏网之鱼
轻而易举
你就到了晚婚年龄
许多你身边的花
都开过了
有些草结了种子
有些以并蒂莲的姿态出现
习惯了争妍斗艳的花草们
在她们自我设计的圈套里
备尝冷宫的寂寞

唯有你
傲慢的女人漏网之鱼
独居在心灵的最深处
闲致的生活让一种叫风情的东西
在你的体态上生长
蝴蝶采花蜜蜂酿蜜
独立的心灵
把单纯和放荡集于一身
未曾打开过花蕾之门
成熟的果子却隐约闪烁于枝头

有些花的香气被世人识破
有一些却飘回她们的内心

漏网之鱼内心芬芳的女人
我们看见你体态慵散内涵富足
一枝花在庄园里独放的时候
你却像个误入歧途的少女
表情丰富
内心空虚
在中国式的家庭里
被一些关于落花的句子所伤害

原载《海南日报》2019年7月12日

去坝上草原

孤 城

去草原看星空,近似
去闪电湖照见自己。我喜欢湖水
胜于一面镜子
尘世呆板,赖以灵魂荡漾
湖水是可以愈合的镜子,驻着借来的光阴

去草原相会星空
去闪电湖追落日稍纵即逝的余晖,岸边
那些张开双臂的人
终究没有飞起来

草原簇拥的花海
是人群里想不起来的一个梦境

原载《诗歌月刊》2019年第7期

置换术

冯果果

白莲以初生婴儿般的白璧无瑕
攻破来自淤泥的咒语

受伤的小狮子
以觉醒抵御背叛者满满的恶意

假面,滋长的毒蘑菇
致误食者于死地

视善为宝的人,宁自伤也绝不伤人
他们眼里的世界芳香而迷人
如鱼儿悠游于水
鹰隼翱翔于长空

强盗是良善的,他将器物盗取一空而给我留下房子
砍伐者是良善的,他盗走木头而给我留下幼苗

赐我爱的人是良善的,他盗走我的心
而还我于心

2019年7月

群山苍茫

林新荣

请记住崖边的日出
这是一株崖上的孤松的嘶喊
它声嘶力竭
学会让身体顺从风的方向
雨的愿望，雷的打击
但不断调整的心态
幻化成一轮新的太阳

一阵阵风过来了
我不会停留于此
攀越是我的心愿
云海茫茫中
到处触碰到虚无、空寂、辽阔
感谢世界，云海茫茫
白云深处，谁，会想到
一粒明珠般的太阳
没等露出笑容
瞬间没于苍茫之中

原载《福建文学》2019年第7期

牵 手

潘宏义

月亮羞红脸蛋
星星舞裙旋转
夜色是一杯酒
醉倒了阳光

五指围城栅栏
捧不住心跳的鹿群
夜风如迷的呼吸
掩不住凌乱的脚步

幽深的巷子
拉长了身影
灯笼是高挂的温情
迷离了醉眼

老街是长河
流淌我们的足迹
长长的夜
短短的瞬间

2019年7月

坏游客在海岛

郭大熟

他们通话
她声音是晶体的
他的是陨铁

他们等对方
她窗帘翻涌
他把门闩开了又开

他们分头出海
她看到太阳半熟
他看到海鸥啄食夜空

她给风让路以便偏航
可是悲伤没法阻拦
这真的是离别在即的感觉

就用整整一晚
他就把宿醉吐在地毯
她把情话刻满栏杆

2019年7月

沉香树,在低处活着

李海英

原谅那些侩子　原谅那些戳心的刀尖
原谅那些靠啄食别人伤口而得意的鸟虫
悲伤在冷漠者的眼里是多么可耻

原本就是一株生在低处的乔木
在海拔以下挺着腰杆　又学不会低头
没有喊痛的理由更没有爆发的资格

沉默　是忍耐的内心冰冻的泪水
是血泪浸泡着的那些伤口
在岁月里慢慢板结　仿佛从来不曾受伤

守着低处背负百孔千疮　怀想一方香炉
默默地吞下一切苦楚和血泪
或许那些沧桑才能在漫长的沉默中结为沉香

或许才能遇见一双慧眼一颗懂得的心
才能在亲爱的面前尽情燃烧
悠悠的释放一缕香魂　即便随时化为灰烬

原载《山东诗歌》2019年第7期

奢香驿道

蓦 景

踏着湿润光洁的石梯
那些枝叶与藤蔓,纷纷围拢过来
当年的空气也在山谷间浮动
原来,神秘的驿道还倾吐着
夫人当年的气息。此刻
是谁在聆听

一堆古老而奇异的符号
从路旁的树根里,从山谷的花丛间
纷纷扬扬,伸出俊俏的头
不是咒语,是彝家世代镌刻在
水西古城的故事,是彝家
留在驿道的歌谣

远眺龙场,烟云相连
那些连通四方的驿道,纵横千里
它们蜿蜒而来,从幽谷到
山巅,到每一个子夜发芽的地方
驿道一路延绵,打通古今
两旁的风物喜极而泣

那一年,火把点亮黑夜
布谷鸟的叫声,唤醒了乌蒙的群山
那一年,杜鹃开得死去活来

顺德夫人的封号被大明举过群峰
那一年，叮当作响的银饰
闪动水西的天空

        2019年7月

栅　栏

欧阳白

老家的菜园子一直在等我回家
它伺立于岳临高速轰隆隆的车声里
这条路穿过我的祖屋，也顺便终结了
我关于出生地的所有记忆，进而终结
可能的来生

路旁，栅栏依然立着，守护着园子里
不甚丰茂的青菜和瓜果
水沟里的泥鳅没入黄土深处，它无法认出
早已离开故乡的我
我的目光也被栅栏阻隔
无法看清楚大白菜的脸上
是否有灿烂的笑容

原载《延河》下半月刊2019年第7期

粽香,惊醒记忆

壬 阁

从小我喜欢先闻粽叶香
感受母亲的视线,咸水草一样
牢牢捆扎我全身,感受清香
在体内游动,与血脉轻轻触碰
这些细碎而黏稠的往事
被我一叶叶剥开,一口口咽下
用牙齿和舌头去寻找隐藏于
成长中的糖分,这多像苦日子中的
一颗蜜枣。需要细嚼慢咽
从中发现隐藏最深的真相

原载《温州晚报》2019年7月5日

列车驶离圣彼得堡

盛华厚

有一种无能为力开始于列车驶离的瞬间
有一种人适合葬于心底强迫自己习惯
纵有万般感受注定要淹没在滚滚黑夜里
而声泪俱下的往事与他人没有一毛钱关系

列车呼啸，我缩成一团乌云离开圣彼得堡
突来的大雨敲打着玻璃犹如天使的讣告
涅瓦河畔，丘比特的铅头神箭将射向谁
谁就在承受着脉搏的骤停和渴望的碎裂

挥手十年，一种顽症的疼慢慢变得麻木
回首十年，我方懂得苏轼悼念王弗的苦
"十年生死两茫茫，不思量，自难忘"
十年重逢的相顾无言唯道声："别来无恙"

历史常常将凄美的爱情演绎成佳话，你看
普希金和莱蒙托夫为爱决斗而死广为流传
还有罗密欧与朱丽叶，梁山伯与祝英台
世人轻言放弃却遗憾别人的感情无法重来

"我至今都在出站口等你，并且始终如一
只想对你说一句心里话，从此告别过去"
"小鼻子，当年我没把你照顾好，对不起！
祝你一生幸福安康，来生臭猩猩再养你！"

2019年7月于俄罗斯圣彼得堡

时 光

王立世

我的慢
无法追上时光的快
时光留给我的
除了皱纹,就是伤痕
我把它写成诗
刻在青春的面庞
对时光,我从不嫉恨
除了挽留,就是目送

原载《菲律宾商报》2019年7月12日

在普希金博物馆

袁 翔

历史正在现场
结局是个术语
普希金博物馆伫立成
洁白的朝圣诗
我发誓为你分担一首诗的哀愁
诗歌精神的语法是我们共同的母语
不吝啬眼泪
我在沸腾的热血中
寻找金色太阳遗落人间的一枝玫瑰
在普希金博物馆
我捧着一颗心
书写灰尘的诗稿
誓与自由同在

2019年7月于莫斯科

少年时的味道

张　隽

只有少年时的味道才是味道
那时的味道很单纯
像那时的少女
甜的就是甜的
不甜的就是不甜的
想装,也装不出来
一群每日走在田埂上的人
跟着星星出工
拖着月亮回家
袅袅升起的炊烟只有鼻子闻得到
他们从不留意味道
但每一点吃食
都是打心底走出来的

2019年7月

谒柳如是

雪 鹰

秦淮旧事里,没有
虞山的风,尚湖的水
没有反清复明,左右不定的
公子。他破俗娶你
便是永远的佳话

这片最富足的土地上
人心也有穷山恶水
受辱,自尽,你的大义
早已漫过尚湖,盖过虞山之巅

从红豆山庄,到墓园
你柔软的名字
充满了君子之气

2019年7月

宿命颂

马晓康

曾让人热泪盈眶的重生在众星照耀下黯淡
他承认,那高高举起的马蹄,和让草原臣服的山岗
都是幻想
黑马能做的,只是奔跑,黑马没有獠牙
所以,他把宿命交给窗外的树
从现在开始数数,奇数是坚持,偶数是放弃
于是,他一边数着窗外的树
一边听着,从远方隐约飘起的,马儿的歌声
他默默告诉自己,这就是宿命——
窗外的每一棵树都在燃烧

原载《星星·诗歌原创》2019年第7期

朔州行：下雨了

高海平

天空憋屈了
电闪雷鸣
折腾了一阵子
终于泄了一地的泪

一座大桥洞
挽留了遛弯的我们
喝了酒的老王
比进了隔壁还兴奋
滔滔不绝
唾沫星子含了足够的水分

原载《华西都市报》2019年7月6日

手边玫瑰

陈新文

闻道江南种玉堂,
折来和露斗新妆。
却疑桃李夸三色,
得占春光第一香。
　　　——秋瑾《玫瑰》

这样崇高的元素:火、热情与温暖
通过夜里的花园
把精神留在我的手边
打开　合拢　打开
像洁净的书本
把我身上的尘埃超度

人世的清香
来自月光深处
白色屋檐下
一袭长衣的歌者
你背负长剑
为什么去意彷徨

什么在说
把信仰和爱迁移到心灵
活在玫瑰周围　我看见
低得不能再低的沉默中
有火在烧

原载《湖南日报》2019年7月19日

茶马古道

廖志理

从晨曦　从霜雪　从泥泞
从少年的风雅里　脱身
是否不狂　不醉
一种渐入血脉的沉浸与放纵

得得的马蹄　不紧　不慢
敲打明月
敲打前朝
和体内的暗疾

白骨枯槁　风声
仍在轮回里缱绻
闪电烹煮　那一串
无法还乡的脚迹

暮色四合　今生远去
且慢　且慢　且让我
在一汪恍惚中　再来一次
再来一次　星光的饮啜……

原载《诗刊》2019年第7期

黑暗中千万别跺脚

季 冉

咚!楼上王大爷
楼道里跺了一下脚
灯亮了,老人蹲下身去
他的某处骨头折了

嘘!黑暗中千万别跺脚
你可装腔作势轻咳一声
也可赞叹般拍拍手或低喝一声好
要知道,当声音可以控制光明

它同样惊动了黑暗

2019年7月

八 月

一个短小的梦

叶延滨

欢迎光临,光临天堂
这是特意为你准备的天堂!
炫目的光芒,明亮得
让人想起那两个字,辉煌——

辉煌得一片光芒
没有一根草,没有草腥
没有一朵花,没有花香
没有翅羽,没有飞絮
连飞舞的尘埃也没有!

没有尘埃的地方
是手术室的无影灯下
或者是生命的禁区……
谁在说?把我从梦中惊醒!

梦醒了,梦中所见竟让我
回想我在尘世所见到的光明
那些划破黑暗的光束中
都有许多飞舞的尘埃……

原载《星星》2019年8月号

诗歌的超市时代

陆　健

一个时代和我们勾了勾小指
天！这可是个诗歌的时代啊

荷马时代；彼特拉克但丁时代
莎士比亚时代；歌德席勒
开张的狂飙突进；拜伦、雪莱
之后有两个时代以黄金白银
相称，贵不可言辉煌巨硕
俄罗斯的雪景让人掉下泪来
如银币

之后我们来到蛙声一片的
诗歌超市时代

琳琅满目，又曰盛世繁荣
货源充足，又曰菜场鱼肆
夸说顾客盈门

用西式色拉或东北乱炖比喻
太对不住各位大厨之爵位
你从下往上看，在上面看到了
下半身；从上往下瞧
象征、隐喻带毛的小腿和道袍

非非的含义——不是不是的
因为把"是"勘透太难
有人在哥哥家门口自称第三代
而知识分子的灰指甲总是搔不到痒处

女"性"入场,控制绝佳卖点
若剔除了扭捏,脏话就
香喷可口;男人最好别撒娇
别让女子们捂嘴窃笑,岁月
刚看了牙科

汉语滔滔,叫好声讨伐声
水军灌水的声音一浪高过一浪
浪打浪。金杯倒在
印错了名字的证书怀里
欲望在欢呼、在沸腾、在淹没
别人不写文学史我亲自写我自己
都想把邻居从地平线上推下去

宽大的柜台,价目表一侧
啥时候多了个货郎担上的拨浪鼓
像一个扎小辫的乡下孩子不住摇头
这笔账谁能算清楚?

2019年8月

在8月出门远行

姜念光

升腾的欲望使一个人变轻
使一个人从日常生活的杂念中
飘起来,像歌德,从书房出发
追随"光辉的女性"
2019年8月,星期三
在北京西站,他排在九个人后面
路漫漫其修远兮,他焦急
他背着一捆荆棘和秩序的铁钉
为买一张去往雪山之巅的火车票
他掏出了但丁的身份证

2019年8月

黎明的心

周庆荣

任何黑暗,都会有坐在黑暗中的人
你是否有明天,取决于你是否具有一颗黎明的心
8月的第二个凌晨,闪电在窗外舞蹈,雷声如重锤
击打着沉闷的夏夜
此刻,我灭灯独坐
那些漫步的,蹒跚的,疾走如飞的,都是我在白天
看到的行走方式
那些开花的,结果的,以及被不断修理的植物
篱笆,事物在各司其职
远处田野里的庄稼和粮仓在交谈,我愿意被我看到
的一切鼓舞
在黑暗中,我想着自己没有看到的人们之间的互相
热爱,它是密不示人的铭文,是黑暗中的力量
是的,闪电是黎明的引信
多年以后,我会记起这次黎明前的独坐
雷雨交加,这是每个人一生中必须经历的考验

2019年8月

华不注山

李自国

华不注山该有的，就得用水灵灵的文字
一把把一堆堆一群群
将它周身好好洗一洗，从头到脚，全是营养
全是湿漉漉的文化，全是天然氧吧

华不注山该长的，就要用黄河以南的岸
当笔来说话。就该用小清河以北的水
当墨，去纸上来梳。当酒，去云端来吼
还可当日月山川，到灵魂中作民宿来居住

华不注山该动的，就得放出它的鹿，跃入蓝天
放出它的春秋，它的豹，它的齐晋鞍之战
放出它的壁画和二月，离故乡的寒凉远一点
以便喊来大地焰火的簇拥，喊来春天的慌乱

我已攀岩上山，从一页纸上起身
那纸上的悲催与葱茏，也是我生命的入口
我已登高走远，从万卷书中迈脚
一脸外省人在异乡的喘息，在华不注山
喘不过白云与神殿，喘不过草木人间

华不注，奇秀险峻，白云卷纾
长吟短叹，恰如一朵莲花跗注于水中
它的慈悲倚天卓立，它的不舍啸啸作声

山巅有日升日暮,苍天的拥抱已久
山脚有华阳宫古风,道教的抚摸已久
山间有吕祖庙岫云,旅人的鞠躬已久

原载《诗潮》2019年第8期

科尔沁草原情歌

阎 志

这一次我要在草原上
寻找青春的气息
期待一次不期而遇

草原啊
也有忧伤的歌
那是美丽的姑娘已离我远去

我不能停留
关于草原我不想知道太多
只想和你回到往昔

在科尔沁草原
我想翻动这黑色的泥土
收集你留下的气息

我要那草原
喊出你的名字
然后唱出属于我们欢乐的歌声

2019年8月于兴安盟

雕 塑

艾 蔻

鲜亮的藤蔓布满战争遗址
雕塑立在林荫道尽头
她站直身子
如少女时代的长发垂悬

鸟鸣中夹杂着轻微的枪响
这当然不是考证历史的方式
人们永远无法获知
年轻的战士最后一次倒下的姿势

几乎散架的战地担架
躺在上面的人,想要活着回到家乡
她替他堵住了伤口
捧出煮熟的粮食
他吃了几口,胃疼了很久

曾经,他是她的小男孩
眼睛明澈,嘴巴倔强
下葬时,他好像睡着了
沉重的头颅
倚靠在柔软的肩膀上

原载《人民文学》2019年第8期

穿越贺兰山脉的绣线菊

布木布泰

10月,是花季吗?
在贺兰山脚下一丛丛盛放着的小小植物。迎着光的
一面粉红,背着光的一面墨绿
用手机识别:碱蓬或绣线菊

它是从山脉的另一边穿越而来的吗?
或许,曾经无人问津;或许曾经熟视无睹
在贺兰山下,它们生存的意义和本质并非娇贵和
美艳,而是在酷暑严寒之中生命的张力与震撼
我记住绣线菊,像记住了一群清纯秀美的女孩儿,
劳动之余在贺兰山下飞针走线时的娇羞与欢愉

而碱蓬呢,我愿意看成是一个健硕的男子,俯身对
着绣线菊沉思或发呆,他吐出的烟圈,恰好是粉红
的绣线菊背着光线的另一面……
深刻的。孤独的。沉默

2019年8月

生活方式

桂 杰

父亲的收音机总在午夜响起
声音很大
刺刺啦啦
广告评书情感指南
他旁若无人
也不管隔壁的老毛毛和我们
后来才明白
这是父亲的生活方式
我们的父亲越来越老了
越来越孤独
他摆脱不了自己的孤独
一个在隔壁的婴儿
在入睡时已经被他遗得
一干二净
他回到自己的日常

2019年8月

从前的一棵草

冰　峰

我曾经暗恋的一棵草
已经与更多的草
连成了一片草原

漂泊多年的我
总是忘记不了那棵弱小的草
柔软，温情，羞涩

可是，草已经变成草原
无数的草
在我的情感中生长

我并不想要一片草原
我只想躺在一棵草的身边
悄声地，婉约地
说出我的从前

2019年8月

鲨鱼停止了娱乐

蓝　帆

骆驼不拿收入提成
出力　却从不吝啬
把快乐留给客人
把痛苦埋入沙窝

它抽搐的四蹄零乱成阿拉伯词语——疼痛
主人怜悯于不停地抚摸
成群的鲨鱼在铁臂铜墙前停止了娱乐
我突然发现喉咙哽咽

原以为一已寂寞灌满世界
在这里顿悟
它小于尘埃小于沙砾小于撒哈拉沙漠

原载《世界诗人》2019年第8期

葡 萄

梅黎明

不会为百花凋零而叹惜
即便春天已经逝去
远处那挂满藤蔓的果子
是一串串架起的收益
给山谷田野以成熟
让夏秋印着笑靥
露着晶莹剔透的脸蛋
仿佛是农妇婀娜的身影

2019年8月

时光照射下的校园

驲 节

校园的转角提醒我
金黄耀眼的夕阳
在一个多月前也是这般清静
所有人都背起行囊准备旅程

雪山顶的白云搅拌成心形
浪花上的鸥鸣铺展成越洋的海风
有人徒步荒漠在风马幡上抄印佛经
有人行舟古镇在七孔桥栏挂上心愿之锁

我又到校园的转角
山坡处野草疯长
依旧有小花一丛
还是当时的惊鸿一瞥
行走在时光照射下的校园
我与时光握手言和
谁也不说白天与黑夜
谁也不问稻穗与汗滴
忽然想起饲过的锦鲤
应该已丈量过湖面的宽度

2019年8月

挖　洞

彭志强

天还没亮，一条长长的电线
像沉睡的蛇
蜷缩在山腰

驻扎在建设营地的他习惯了
跑步前进，赶在灯光点亮千家万户之前
完成他的黎明

这次的任务不是从流水里取出隐秘的闪电
而是给三十根实在的电线杆寻觅
安放青春的居所

当一盏灯催促一个人成为光源
当一座山催促一个人成为靠山
手中的军用铁锹便分不出性别

泥土红了。挖洞和生娃一样，得早
到了须发与洞口齐平，人如一口深井
天亮的时候，内心和杆洞才更敞亮

他挥舞的铁锹很长时间都没有停下来
只因贵州山区新增那条二十二万伏高压线
早就喊破了嗓子

原载《诗刊》2019年8月号

在契诃夫故居

山 杉

在陌生的国度
我不在我的汉语里
却在你故居前的花楸上
看见一串串光鲜跃动的言语
送我青苹果的姑娘
也取消了声响
既然言辞生涩
既然懂得
何须说
也不必说
那个最会讲故事的小说家
其实是个犀利的诗人
故事的开始和结局
总有出其不意的诗韵
那些胖子和瘦子
那些迷路人的命运
曲折蜿蜒在草木深处
我在他故居门口的邮箱
拿到他早已编写好的情节
一段宣叙调
有始无终

2019年8月

赦免令

邵春生

时间终将送我们安歇。肉身毁灭之后灵魂空无
那些曾经的爱，拼争，甚或伤害
留给尘世，它们还将渗入万物繁衍生息
死亡赦免了恩怨，此地需要绝对寂静——
允许有人反悔，乘一匹快马追回人间
重复我们遗弃了的生活

原载《作家》2019年第8期

妈妈的老衣柜

苏唐果

几颗樟脑丸,首先宣布老时光的味道
时光碎了……白色的残骸下
一层层是衣服的纪年
妈妈,你弯腰寻找的记忆
是失落在第一件藏青色的卡其布上衣
还是下面的靛蓝围巾?
哦,靛蓝,一种诗经中才有的颜色
我想起来,你曾经围着它在一张相片上微笑:
1968年,你22岁,时代的野百合都有过春天……
围巾下面是皱皱的一条黑布裤子
你努力回忆,仍记不起它曾经出入过哪条小街或菜地
我翻出一件掉色的红棉袄,妈妈,那是你的嫁衣
你抚摸着,说起那个出嫁的前夜
你的镇定的母亲和父亲,加深了你的孤独
又找出一件蓝色的旧卫生衣,面对两块黑色的补丁
你不理睬我有微微的嘲笑,你的目光含着深情
它曾是天空,飘浮在你短暂的少女时代
我没有问起那个可能出现的,永恒的少年
箱底也没有出现,那件我想象当中的旗袍
你说这并不是电影。当你合上箱子,直起腰来
你说满眼都是星光,你说,也许应该准备
人生中最后那件新衣裳

原载《草堂》2019年8月号

中国速度

唐德亮

中国高铁列车
挟春雷，春风，春汛
呼啸着穿越历史　穿越时光隧道
穿越千道峡谷，万重关山
穿越浓雾，岩洞，风雨，彩虹
载着"和谐""复兴"
载着一个时代的重负、荣光、希望
载着中国速度
铿锵的车轮　飞驰着
碾过迟缓，落后，叹息，无奈
钢与铁的交响。纵横的轨道
一条条动脉安装在祖国的身躯
强劲的脉动显示蓬勃的活力
群山如浪。涛声连着涛声，一切都在风云幻化
只有这高铁列车永不疲倦
如一支离弦的箭　射向
天光通透的地平线深处
那云霞织锦的远方
中国高铁列车　以中国速度
倏忽之间　将无垠的时空
拉近，缩短
巨龙般的身影　飞越成
一个民族的英姿

原载《光明日报》2019年8月4日

鸽子们飞得那么低

王　琪

攀爬青峰山
路上眺望的目光，在秋光深处蜿蜒、黯淡

翅膀穿过豁口，没有停止扇动
仰望山体另一侧，满是漆树和油松
挺直的尊严与梦的栅栏外，宜于安放白色的魂灵

献歌和轻舞，都是为了就此别过
我小小的心跳，似曾被浅灰的描述颠覆
滑行云端的那条曲线，失去重量，奔向渺茫之处

风速将辽阔和赞美连在一起
我该怎样拼命向上
俯瞰人间万象，形同深渊

"叠嶂西驰，万马回旋，众山欲东"
——此刻，一切的抵达，和重生并不背离

泥沙俱下的生活
鸽子们飞得那么低，那么缓慢
它以轻柔的背影，是为了不让过于炽烈的言词击中

原载《福建文学》2019年第8期

登麦积山石窟

王若冰

在佛和菩萨注目下,我一步一步
从低处走向高处。天梯般攀升的栈道
要把我如一只空皮囊般被风吹奏的肉体带到群山之上
我有些疲惫,也有些缱绻的灵魂却隔山翘望
繁星璀璨的人间。被我一次又一次宽恕过的前世和今生
如难以遏制的虫鸣,亦如我歌颂中蓬勃生长的万物
泥沙俱下,枝叶繁茂,让我向上的脚步不能自持

从山下到山上,凌空栈道为我指引的是觉悟者觉悟之路
也是我逆风西行,能够在这座佛陀之山7800颗星辰指引下
双手合十,借助一枝香草寻找到莲花、明月和清风的方向
只是栈道曲折,洞窟幽暗,我堆满巨石、杂草和尘埃的内心
晦暗如夜。我不知道,我还能不能用这双日渐粗糙的手
一边守护菩提树上被风摇曳的星光,一边还能拥抱
这怀抱灯火与青草,也怀抱碎浪和罪孽的人间呢

原载《诗歌月刊》2019年第8期

大 海

熊 曼

大海容纳了游艇、捕鱼船、尖叫
粗大的锚和来历不明的垃圾

容纳了一对外地夫妻贫贱的爱情
他们漂泊半生,直到在海边安顿下来

容纳了落日下攒动的人头,空瘪的肚腹
在捕鱼船归来的时刻,迸发出欢呼

还有什么是它不能容纳的?当我两手空空
来到海边,作为沧海中的一粟

也只是为了看看,那种一览无余敞开的美
一种可供日后回味的心惊

原载《诗刊》上半月刊2019年第8期

游陕北

嗯　呐

厚厚的黄土地
究竟埋藏了多少秘密?!

支离破碎的歌赋
锈迹斑斑的剑戟
在千里纵横的尘烟中
弥散成岁月的纪年
隆起为皇家的坟冢

我只想做一介盗墓的狂徒
不为发现宝藏
只为窥见前人的梦

2019年8月

盘　景

张　民

牢不可破的花盘破了
鲜花落地转身变成了草
她看不到明天的影子
她预测不到
在下个雨季到来之前
干枯的泥地上，长夜里
失魂落魄的根须
默默抽泣

2019年8月

像在喊你的名字

马晓鸣

题记：在乡愁贵州，我看上了墙角的石磨

在清镇的"乡愁贵州"
我们怀着小九九

姚瑶把着酒壶
想把黑夜扯到黔东南

润生露臂
想把这里的树屋偷到北园村

牧之眼镜反光
他已经取走了天上的月亮

王久辛不语
他密谋着把万声鸟鸣装回京城

李发模笑起豌豆角
他已吐纳掉一吨纯空气

我看上了墙角的石磨，想一口吞下
做一个忘记乡愁、铁石心肠的汉子

原载《贵州诗人》2019年第8期

照　耀

马启代

现在,多么安静。活到一定高度
你会明白,身体之外的事,都是闲事

外面的变化太大。我走过的路
已经变宽,变平,变长,长过我关心的边界
很多城市在繁殖,长高,速度超过了人和植物
所以它们在变丑,变老,不断变成瓦砾

那些照耀过万物的云朵,长出了皱纹
雷声沧桑,闪电颤颤巍巍,风声布满了老年斑
只有草木最懂生死,长过,开过,绿过,也香过
然后从容死去,活过来一切便可重新开始

我与它们同宗同族,体温和心跳基本一致
我爱它们,向它们学习生死,学习如何默默无闻
它们也爱我,教我怎样在风中站稳,特别是
面对野火,怎样保存好冰雪一样的灵魂

原载《安徽文学》2019年第8期

豆汁儿

马　丽

这个名字
让我想起老邻居素珍儿
妈妈老同事玉珍儿
姐姐好朋友桂珍儿
我的小学同学云珍儿

她们年轻时朴朴素素
马尾齐刘海大长辫
蝴蝶结在发梢跳跃
小草花开在裙袂间

2019年8月

南天山天堂湖①

绿　野

风轰鸣的山谷，宛若雷神的震怒
硕大的雨滴，泛起水的马蹄莲
碧波绽放于海拔4500米处的秘境

这是南天山，群峰掌中的一颗明珠
天堂湖，蓝色的玛瑙，敞亮的黏合起
这世界的内部与外部

水喧嚣，山虎背，雾朦胧
诸神栖居的雪峰，于海拔
6700米的天霆。一面旷古的明镜
照耀雪线下的众生世界
阴晴不定

狼塔C线，乌孙古道
莫不是残存古栈道上的标点
而天堂湖上，野山鹰携卷的翅风
擦亮雪山的胸脯
怎么也抹不去的身、事
孤独、终老
倒是它剑啸的歌喉，刺穿穹庐的云顶
那激荡于山谷的回声部，辗转于落尘

---

① 天堂湖位于著名的天山狼塔C线乌孙古道上，系托木尔冰川群形成的海拔4500米高山天然湖泊。

覆盖下的山河
古卷、残本

2019年8月

所有的美都在此落脚

三色堇

他从花香中走来
一个小男孩已叫不出他的名字
而有人还在树下饮酒
品着古人的诗句,看杏花摆好坐姿
美到清明,都不肯落下来
风慢慢吹过杏花村,问酒驿,望华庭,醉仙湖
一些词自旧时光跃出
我在历史出场的村落满怀春梦
斜阳中我似乎看到一位老人
在一抹橙色的霞光中
携着长长的余韵
看一只蝴蝶在万物中穿行
我在此重温古人的气息,仙人的长袍,草木的气息
新生的正在来临,所有的美意都在此落脚
也许,这是最绝妙的安排

原载《星星诗刊》2019年第8期

清晨的井冈山

王顺彬

这时的井冈山
清新如婴儿
太阳还没有出来
仿佛1949年10月1日的黎明
太阳和毛泽东
正准备升起

我看见群山静悄悄地黛青
记忆和梦境
像被清水洗过一样干净

五大哨所的鼓角变成为悦耳的鸟鸣
黄洋界上的炮声
被满山的红杜鹃藏进了微颤的嫩蕊
不但敌军早已宵遁
就连旧中国也已经跑得远远

乳白色的云雾平和地起伏
山歌中,有妹子
在低哼:刀枪化成了泉水
硝烟化成了花香

方圆五百里的爱
新得幸福,新得辽阔

像毛泽东那样爱好日出
像井冈山那样醒来
万仞高的地方,我滴着露水

原载《星星》诗刊2019年第8期

爱 情

张 瑛

我穿行在黑夜
那些痛被我掩饰得
天衣无缝
你一直寻找的爱情
会在暗处的某个角落
滋生吗

也许你忘了
爱情
也关乎柴米油盐
关乎一日三餐

青春
固然是不老的神话
但
爱情
也会衰老
甚至死亡
爱情
也会逃离
在黎明前
无影无踪

2019年8月

黑火种

夏　花

心醒来的速度，早于黎明
努力向黑中望去的人
比闪电先一步表达光明

毕竟，黑中有自在
雨夜的黑里，有大自在
沉默是黑色的
罪恶是黑色的
简单是黑色的，复杂也是
遗忘是黑色的，缅怀也是

还有放弃，还有决绝，还有封存
最妙的是：你有黑历史
我有黑火种

2019年8月

秋　痕

程绿叶

背影轻若落叶。以风为媒
目光锋利如剑
杀死七千只蝴蝶
梦，滴下最后一滴血
世界空如大漠，色彩尽失

一只羊苟且人世
在孤独里徘徊
航标灯碎如泡沫
归途何处？我在想

哪一种人进退自如
哪一种花凋零无痛

可否？
借我一根皮筋
跳过秋天的苍白
就当从未遇见

2019年8月

九月

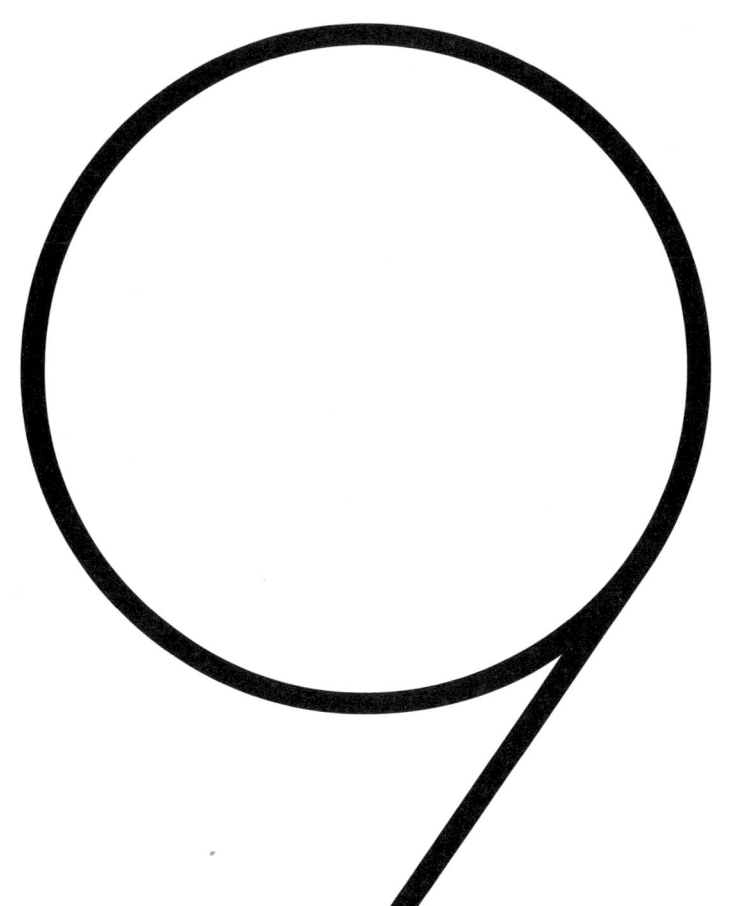

午 后

尚仲敏

午后,在眉山
苏东坡的家门口
一杯清茶
使阴冷的冬季
有了一些暖意
我早已不再随大流、凑热闹
繁华褪去,世事沉寂
东坡兄,在眉山一带
也只有我才敢
在你面前写诗
写完这首诗
我将谋划更远的行程
无论是南下苏杭
还是北上泰山
我都将开始
一个人的旅行
在人人都会写诗的古代
东坡,你的志向是做大官、救天下
而我,只是一心想着
怎样才能
把这首诗写好

原载《汉诗》2019年秋之卷

在夏坝听歌

林 雪

一切诚念终可相遇
此时河流如镜,一只无形的手
用最好的水纹绣着波浪丝巾
有绿孔雀飞来礁岛加冕
在夏坝,这古老的唱针日夜不停
摩挲江水自带流量的磁盘
从温汤峡不稳定音
唱到石梁大调
再唱到风景城升级
唱到飞蛾山和声
又从西北面缙云九峰
唱到东南角的金剑山岭
"如今我徘徊在嘉陵江上
我仿佛闻到故乡土的芳香……"
重要的一幕出现了
北碚大地出现了新音阶
出现了诗歌中的叠句
河岸上集起的团雾和轻烟
已变不回传说中那著词者的身影

2019年9月

南疆列车

彭惊宇

向着南疆,钢铁巨龙鸣响汽笛奔驰
这是21世纪的时代豪情,沿着古老丝绸之路
晴光方好,花团锦簇。一列金黄蔷薇正向阳盛开

向着南疆,穿越青铜的南天山,赭红的南天山
塔里木一望无垠,塔克拉玛干一望无垠
眺望千里戈壁,库尔勒梨花万树,孔雀河屏羽绽放

向着南疆,一列金黄蔷薇正向阳盛开
身着艾德莱丝绸裙,维吾尔少女闻歌起舞
咚咚敲响的达甫,伴随弹拨尔那欢快的旋律

向着南疆,阿克苏张开了红富士苹果的脸庞
香妃故里喀什噶尔,艾提尕尔广场鼓乐喧腾
和田玉石和红玫瑰,闪耀星辰般迷人的光泽

向着南疆,帕米尔高原雪岭巍峨,垒似天堂
看那塔吉克王冠之上,鹰舞飒飒,鹰笛悠扬
绝美的火焰,就是红袷袢系大红丝穗的新娘

——多少美丽的梦想。南疆列车此刻蜿蜒在溶溶月色里
犹如一位慈祥的母亲,正轻轻推动她睡婴的摇篮

原载《光明日报》2019年9月29日

黎明的诗思（节选）
——写给金华婺城

曾凡华

一

暌违多年
夏日重访金华
一早就被林间的鹧鸪吵醒
世事无常
季节却周而复始
历久不变
我不知百年之后
这义乌江边的黎明时分
还能不能听见婺城同样的鸟声
百年之前
畈田蒋村那个地主的儿子
在谷仓里听见鸟鸣
萌动了自由之念
在赴杭州的水路上
写下了第一首自由体诗
从此他就鸟儿一般生活着
快活且多坎坷……

二

此后在另一个蒋氏家族的铁窗下
他以奶妈"大叶荷"做模板
刻画了"大堰河"这个人物
以她乳儿的名义

向旧世道宣战
慷慨而激昂

三
我后来见识的这位诗人便是艾青
问他为何更名
笑答因爱年轻
其间他额上刀刻般的皱纹
比笑还要深沉……
问他诺奖何不给您
给了我别人咋整
他顽皮地笑成个孩子
还做了个鬼脸……

四
在他的百年诞辰
我为他操办纪念会
只能用黄铜塑他的金身
只能用拙劣的诗
去依附他的魂灵
甚至把五芳斋的酱猪蹄
拎到人民大会堂的大厅
让与会的诗人们
也尝尝他生前的所爱……

2019年9月

梢瓜布
——献给父亲祁文祥

祁　人

> 丝瓜络在四川叫作"梢瓜布"，用于擦洗碗筷，不用洗洁精却很清洁，十分环保。
> ——题记

父亲寄来几个梢瓜布
每一个约三四十厘米长
妻不习惯用，我却舍不得用
每次，都剪下一小节
用来轻轻地擦洗碗筷

看见我用梢瓜布洗碗的动作
妻笑问：是想擦去城市的油腻呢
还是想擦去头顶的雾霾
我说，我想擦短回乡的路

转瞬一年过去，春节快到了
只剩最后一节梢瓜布
握在手中，忽觉心头阵痛
细细密密，蜂巢一样的梢瓜布
像父亲千丝万缕的惦念
又像他隐藏着的一颗心
在厨房的一角，默默地
守望着……

我静静地凝视着梢瓜布
不知不觉,止不住眼中的泪水
一滴滴地,落在梢瓜布上
犹如滴落在父亲的心头
我知道,无论我身在何方
父亲的梢瓜布
都将擦去我与他的距离……

原载《诗潮》2019年第9期

风是你的影子

木 汀

有一些阳光
借你的身躯踏上征程
有一些雨滴
借你的疾驰穿梭在都市和他乡

家，在思念之时
会沿着一条条钢轨站在眼前

你看到南国的街巷在烟雨中微醺
你看到北方的麦芒在风中摇曳着丰腴的臂膀

风是你的影子
你流星般划过的土地
砾石温暖　树木闪亮
阳光在生长

原载《解放日报》2019年9月30日

中年中秋意

王霆章

回到父母的身边去吧
回到孩子身边去
回家
如果你有的话
从红尘深处
从江湖最远的地方

人到中年，月到中秋
和爱的人在一起
就是最幸福的时光
和亲的人在一起
才能看见圆满的月亮

人到中年，月到中秋
夹杂在岁月中间的日子
有些疲惫
但不会迷惘
沿途的风景愈发清晰
池塘里残荷犹存
道路两边的菊花已迎风怒放

2019年9月

灾难之花

肖 黛

雨露被凉晒了一个下午
灾难之花就独插在发髻
媚气绽开火焰
燎燃干柴垛似的从前
被灼伤，造至极痛的一种外形

获得了困苦而又高贵的颜色
绝地金光闪闪
然后，许多苞蕾的雨露
有了许多滩涂意义的崭新
告诫说，将有致命灾难尾随而来

好吧，就从容地徜徉花海
那决不是因为平安无事

2019年9月

一场雨

宁　明

一场雨，还没到来
已是满城风雨
对于这场雨，有的人斩钉截铁
有人依旧态度迟疑

雨让一座城市，顿时陷入了
一场议论纷纷的旋涡
有大道消息，也有小道消息
只有天上的雨知道，这些猜测
谁说的更靠谱一些

一提到雨，这座城市的人们
便自然会想起那个"狼来了"的故事
雨给人留下的印象
总是像一个爱撒谎的调皮孩子

其实，一场雨下得大一些
或下得小些，都无所谓
只要雨不再信口开河，或信口雌黄
人们就会善意地评价，这是一场
及时的好雨

原载《阳光》2019年第9期

在大柴旦

曹有云

纯净如青冥
美善似良宵
之后是沉默,深邃
乃至不可言说之神性
多像一句隐匿在旷野眼窝里的诗

在大柴旦清晨阳光泛滥的街道
我愿做一个单纯无知的孩子
拒绝雄辩
隔绝喧嚣
独自行走

原载《春海湖》2019年9月号

土 包

邓 涛

我的祖母郁结成山上的一个土包
土包上的花和春天站在一起
土包上的叶像风那样徘徊
每天的阳光从东边到西边
照耀着她坍塌的老屋
照耀着她耕耘过的田亩
照耀着尖尖的土包
土包是小小的峰峦
不挺拔,不雄阔,却是祖母最后的高度
她好像还蜷缩在山的怀抱里
看那条经久的流水
我从一只只土包边走过
像穿过一个村庄
像穿过朴素的山河
一个村庄就这样静下来
祖母就这样静下来
每天的阳光从东边到西边
花和春天站在一起,叶像风那样徘徊

2019年9月

断桥意象

甘建华

一只鸟在水面上飞速滑翔
另一只鸟在后边厮赶
其他的鸟立于荷叶上观望
这禽类的嬉戏如此优雅迷人

一只小船从断桥前行过
船头的游客心内惆怅
四望不见那伞那人
也不见传说中的那场残雪

我们在湖边观鸟也观人
有花衣老妪招呼看相
且只许清风徐来
做一个南朝北朝的梦

原载香港《圆桌诗刊》2019年9月号

孤独的时候我们去青海

孔占伟

孤独的时候我们去青海
那里
最能盛得下
地球上所有的歌声和舞蹈
那些委曲求全的昏暗
全部朝广阔打开

孤独的时候我们去青海
天空在天空之上
那些被蓝色的梦幻浸染的湖泊
像爱情 似乡愁
把天下的自在统统铺展

孤独的时候我们去青海
思念是多余的
与浪漫比宽广
与雪原叙情义
那里的节气行动迟缓
它将一点一点推动雪山的美
直至雪莲花成片盛开

孤独的时候我们去青海
去看千里万里的寥廓!

原载《青海湖》2019年第9期

徒手攀岩者

刘雅阁

孤身绝崖
垂直极限

徒手攀岩者,命悬一线
一只鸟的振翅、一丝微叹
一个意念,甚至没有缘由的缘由
都可使他坠落悬崖
成一粒失声的尘埃

生或死
甚至爱情,及一切身内身外事
都不能阻止他
进入孤绝巅峰

在山下,他害羞、不善言辞
一事无成。但在峭壁上
他绝世英勇,让潜藏力量
确认使命

飞翔的伊卡洛斯
绝壁上怒放的生命
无保护攀岩者的幸福
只有云上绽放的野花最懂

2019年9月

千年古墟的别样

吴捍东

历史总是由大大小小的时间碎片串起
安义黄洲镇的戏台的过往是一枚碎片
戏台的每一次谢幕
都是黄洲人喜悦的每一次记忆
我只看到静静的戏台
每一次凝结着酸甜苦辣的人间演艺
都无法感同身受
我能想象的是
热闹的牛市
带来的繁华景致
与传承千年的古戏
交相辉映
成为挥之不去的记忆
是的
此刻的我
如同一只栖息戏台檐头的飞鸟
如同一只安坐牛背的白鹭
等待扣我心门的乐曲响起

原载《南昌晚报》2019年9月25日

电线上的麻雀

吴昕孺

十几只麻雀停在一条电线上
仿佛一个个
伸向空中的小拳头

拳头里握着的力
在空中,雾一般消散
变成那缓缓移动的白色云团

不知接到谁的命令
麻雀们同时跃起,四处飞散
像被奋力抛掷的一把卵石

这时,我们往往能听到
电线里发出咝咝的声音
有如一条条细密的波纹

悄然抵达比麻雀的翅膀与聒噪
更远的地方
并且是它们,最终让世界安静

2019年9月

山海关

朱文平

赶在燕山夕照的高秋
登上长城古堞俯瞰沧瀛
松树沿着山坡绵延
是谁的心在此沉落
玉关草色微微泛黄
泛黄的还有猎猎作响的
西风,燕然曾勒一长串
英雄豪杰之名,六百年
河山相拥,多少将士的
白骨使马蹄声碎,多少
红颜在狼烟中玉碎
指尖触碰的历史鹰隼般
在漠北上空盘旋
大雁南归,渐行渐远

2019年9月

老屋前我一人在月光中站着

左　清

门前,我久久站立
身像一棵老树——
心已没有多余的枝丫

满是寂静

风没有来——
月色在庭院里
闲着
开出一树的梨花

2019年9月

我不怀念80年代

马 非

看见同学群里
拍摄于1986年的
初中毕业合照
令我一阵难过：
不管老的还是小的
数十口人中
没有一个胖子

原载《青海湖》2019年9月号

短尾巴鸟儿

马海轶

如果我是哑巴,就会羡慕
一只短尾巴鸟儿。它整天鸣叫
虽然叫声并不好听,但足以
让另一只鸟儿明白

如果我残疾,就会羡慕
一只短尾巴鸟儿。它整天飞翔
虽然飞得并不高,但轻而易举
能从一棵树到另一棵树

如果我是孤家寡人,就会羡慕
一只短尾巴鸟儿。它从不离开鸟群
下雪的时候,它专心觅食
其他的鸟儿为它在高处守望

我不是哑巴,也不残疾
我不是孤家寡人,但依然羡慕
一只短尾巴鸟儿。它不复杂
也不简单。我羡慕它不似人类

原载《青海湖》2019年第9期

釜溪河

蓝星儿

桥墩下,流水在不动声色的讲述
和其他季节相比,它的水流声
略微要喑哑一些

像花苞盘于花瓣。釜溪河下
水面的平静,以及水中的一切
刚好形成一种假象

并排垂钓的老人,他们褶皱的
额头比岁月还老旧。河面斜映的脸
挂满晨光,对视着另一个自己

一动不动。收紧的波澜抚慰的
只是瞬间的宁静。而他们心中的波纹
有的拥挤一些,有的开阔一些

2019年9月

加尔各答的慢

李　立

昨夜入境处过关的煎熬，叫
加尔各答的慢。仪器睁着老花眼
反复辨认陌生指纹。在北京时间凌晨
两点钟后的哈欠中，腕表分针的嘀嗒声
如天轮般在心坎，一圈一圈地碾压

加尔各答早晨的慢，是露宿街头者
一条薄毛巾就是他的地和天，太阳晒屁股了
他还在石椅上睡得正香。树叶
绿得漫不经心，街头几只乌黑发亮的乌鸦
在昨晚的垃圾堆上欢呼雀跃

"嘟嘟车"的慢，是它们的面孔
依然停留在20世纪80年代。花池的慢
是面对水泥围栏失踪，那些松散的土
依然维持现状。街上行人的慢
不是人字拖不紧不慢，而是一张张
不喜不悲的脸，没有从昨夜的睡梦中醒来

没有醒过来的，还有风
我用中国话吼了几声，都是热在应答

2019年9月

人生边上

黄海兮

昨夜走在钟楼边上
看见汽车的灯光
路灯的光
街道两边楼房的夜光
还有钟楼的
点亮工程的光
这些光共同照出我
这个白花的小丑脸谱

但我也看清这些光
还照不到的地方
他们和我
有一样的生活

原载《作家》2019年第9期

中秋流虹

冰　虹

这是秋天绝对的美
虹顺着银河而下呼吸如水
月下的峭崖是虹飘临人间的阶梯
或为星辰，或为流水
倒映着虹园的背影

她用月亮做面具，将光阴视而不见
暗藏虹的焰火
可，转瞬，又流成一川冰的清凉

2019年9月

迁 客

郭栋超

总有一个异乡会成故乡
故乡是水绕的堤岸树伸的根
怀揣一纸贬文
贬文是蒲苇相随如影的启程
飘漫洞庭　洞庭涌动
渐高渐近的水　湿透衣襟

楼上　你看见了庙宇也看见了乡野
湖波拍打岳阳楼上
几多骚客迁人北望汴京
我是谁　谁是我　我又是谁
白鹭乱了羽翎
牵挂不完的人丢不了的魂

2019年9月

木格措

蒋芸徽

木格措,有一颗菩提心
在她安静的内心里
贡嘎山过来的雪风,也泛不起
一点点涟漪

只有那朵叫卓玛的云,怀揣着
禅意
在湖面飞来飞去

在木格措,我的身体
被雪漂洗了一下
轻松了许多

在低处的我,从未像今天看得
这样高远,甚至
看到了我的前世今生

2019年9月

从根部到花瓣的距离

林秀美

拨开绿色的荷叶　仍见光
在颈部
无声地奔跑

在最黑的夜
仍向往醒着
仍有内心空阔的人
细数花瓣的数量

明亮的花瓣　光洁透明
但有多少梦　干冽寒冷
在黑夜的后面
一面是淤泥一面是流水
一面是丑陋一面是惊艳
多少荷花在没有成为荷花之前
都是这样
被隐忍、掩埋、无声地遗忘

从根部到花瓣的距离
就是黑暗到光明的距离

原载《诗刊》2019年第9期

十月

忆风骨

车延高

月亮一直平静,抹不抹粉
脸上,都有唐朝留下的雀斑

新编的花儿不会幽咽
捣衣声彻夜,还是让一个离人心酸

西出阳关,不知天高地厚的诗人醉着
花间一壶酒独酌,品着酒泉的孤单

大青山下一匹白马,缰绳上拴根古道
英雄把美人爱过了,半壁江山就是跋涉的盘缠

大雁塔前忆风骨,多少回梦碎
抬望眼,人在西安,心去了长安

2019年10月

欲　望

梁　平

我的欲望一天天减少
就像电影某个生猛镜头的淡出
舒缓，渐渐远去

曾经有过的委屈、伤痛和忌恨
一点一点从身体剥离，不再惦记
醒悟之后，可以身轻如燕

我是在熬过许多暗夜之后
读懂了时间。星星、睡莲、夜来香
它们还在幻觉里争风吃醋

天亮得比以前早了，窗外的鸟
它们的歌唱总是那么干净
我和它们一样有了银铃般的笑声

我的七情六欲已经清空为零
但不是行尸走肉，过眼的云烟
——辨认，点到为止

2019年10月

拉二胡

高 凯

两根筋纠缠到一起
就拉不开了

拉拉扯扯一番
就动了心弦

一根弦和一根弦细若游丝
两根弦悲喜交织

即使一个人独自相思
也会两厢陶醉

最迷人的心声就是弦外之音
哪怕弦断曲终

一个人要想爱得死去活来
就去拉二胡

原载《星星》2019年第10期

诀

方　明

永离与死别的迷惑
在于不经意从记忆的边陲
骤落
彼此曾经互动的允诺
惊叹无法转递的时空
如何将曾经落款的容颜
重温
当时不曾顿觉或挥手
经年后才从过眼的浮云
悟解

预知的死别会有刻意仪式
从荒冷无助的神态
刺绣着深沉的悲恸
总有一些莫名的信仰舒缓着
逐渐干瘪的形骸
以及
平衡周遭绝望与祈求的对峙
直到凄厉的挽歌
覆盖

原载《中国时报》人间副刊2019年10月

登花马池北门

唐 晴

一座城池孤悬西北
日出:大漠、雄风、胡马、鸣镝、刀光剑影
夜晚:沙似雪,月如钩,一声羌笛千声叹息
岁月老去,一代又一代人渐次消隐远去
我在兴高采烈的人群中独自一步一步登上城门
十米高,七米宽,在平坦的大漠上依然巍峨、雄壮
我仔细寻找地砖上凹凸的脚印
寻找城墙上刀箭的伤痕
寻找点点滴滴暗红的血迹
寻找武士铠甲上斑驳的铁锈与沙粒
可是,我什么也没有找到
一切都是新的,就连城墙上飞舞的龙旗
似乎都散发着绣女的体香
亲征噶尔丹的康熙在此阅兵的时候
应该也是这番景象
遥望着南门,我与城墙上的康熙对视
得人心者,得天下
得天下者,为苍生
如今,城门上下熙熙攘攘的人群
他们与我一样,劳碌、抗争、沉默、奋斗,终将逝去
而这座城池,换一个名字
弥久愈新

病中吟

田 湘

默迎朝阳升起
也必会静观夕阳西沉
在通往死亡的路上，万物照例生长

太阳在天空爬行，这是我们的太阳
它刚遭遇雷电与黑云的劫掠
像我一样大病一场

被太阳炙烤的语言正在裂变
我的表达词不达意。奇怪
我竟对无意中创造的病句兴奋异常

从清晨到黄昏，会看到
花朵落下，绿叶枯黄
身体里的火被取走
可我仍在守候最后一缕光明

太阳熄灭了，病中的我
依旧在黑夜里独坐

原载《星星》2019年第10期

贺兰山落日

罗鹿鸣

落日,悬挂在
贺兰山的上空
在一个外地人的眼中
像一顶稻草编织的帽子

从高空倾泻的光,显得慈祥
麦子已打捆,收敛锋芒
杨树林拍着黄叶的手掌
我却沉默如一块石头

六百里贺兰山,屏风南北摆放
晚霞的泼墨极尽想象
夕阳眷爱的城市、乡镇
像刚刚出浴的新生儿

此刻,贺兰山是一条彩色领带
恰恰拴住落日的辉煌
像拴住一匹桀骜不驯的骡子
而我,不再逞匹夫之勇

原载《诗刊》2019年第10期

白番红花

张映妹

有的记忆,是埋在
地壳深处的祖母绿
黑暗中的疼痛,释放于
光的切入。一张照片

恰如其分的出现
与春天有着一致的方向
吹向远方的草原
我知道,积了一冬的雪
悄悄融化,云杉默默返绿
雪崩的轰响,隐如天际的春雷

我虚构了这么多
雪的线,羊的群,山的鹰
甚至整个那拉提草原
只为了,就要绽放的你
冰雪中的你——白番红花
我体内的矿床,拥有你
刺骨的疼,和决绝的绽开

2019年10月

一条鱼

马培松

一条鱼在街道上游走
它不敢侧目开开或闭着的门户
更不敢太过靠近
酒店或鱼馆
也不敢表现出
被大海遗失的真实
它选择跟随
在一个小孩的身后
扮成他手中牵引的
一只充气的玩具鱼
一只游刃有余的鱼

原载《中国艺术报》2019年10月28日

写首诗

海 湄

我多想写一辆绿皮火车的轰隆声
隔着暗夜与清晨,我多想
看它穿过车站、乡村、城镇、校舍
我多想它带着煤的气味,缓缓地停在我身边
我多想谢谢它带来我的父亲
还有很多亲爱的人

我多想写一首诗给带着火车跑的煤
我要感谢挖煤的人和运煤的车
感谢火的唱歌和舞蹈
我要写每一节车厢
写车厢里的工人农民、老人孩子
再写写昏昏欲睡中的彼此,如果路程足够远
就写写家乡,写写心中的甜蜜

我还写了在速度下模糊的树
写闪过的灯,昏黄、孤独、温暖
写母亲、恋人、知己,写一场美梦的雏形
我要请求日月的原谅,如果有哭泣,有故去的人
再写一声汽笛,写一列巨大的火车
正奋力拖动着生活的
尾巴

原载《草堂》2019年第10期

一粒盐自眼角滚落

冷先桥

火焰在心中跳跃,乌鸦在城堡盘旋
白昼更加深沉地投入静美
即使一天就是一个世纪
没有恐惧也没有喜悦
一粒盐自眼角滚落
城堡外的田野静静躺在那里
如此温柔如此痴情
守候着心与心之间的距离

任决堤的情感之浪起起伏伏
用双眼挖掘坟墓背后的精彩片段
无论距离有多遥远
爱在灵魂不再孤单
诗歌再粗糙也能抵达天堂
并连鬼魅一起温暖

2019年10月

收 获

李孟伦

千万次了,鸿雁在背负青天
背负起千万个冰封雪地的冬日
每一声划过长空喋血的鸣叫声
是那分娩春秋大地的一道伤口

千万次了,一只燕子越过大海
越过了千万个惊涛骇浪的黑夜
每一声在屋檐下欢快的呢喃声
是春天欢畅的小河在大地歌唱
而今,我伫立在地平线上
舀着河水喂给昔日分娩的伤口
黎明从黄昏开始
想象我的秋雁我的春燕
太阳从我碗的边缘升起

原载《诗刊》2019年第10期

西藏,你就是诗和远方
——献给"2019·中国西藏首届诗歌节"

刘　萱

在那辽远的雪域高原
时间万古流淌
雪山闪亮　雄鹰歌唱
雪莲花在静静地绽放

啊！西藏
你是古海的回望
你是翱翔的苍茫

在那云中的神山圣湖
祈愿无言荡漾
一道阳光就是你的名字
温暖常住在我们的心上

啊！西藏
你是梦中的天堂
你就是诗和远方

原载《雪域萱歌》2019年10月

你确认了我未来的模样

路文彬

是你确认了我未来的模样
带着幸福也带着忧伤
但是不管怎样
我曾经惆怅的脚步
如今开始变得义无反顾
你重新谱写了我的秋天
把收获延长至生命的尽头
也许我的目光暂时无法企及
却一刻也不用怀疑
因为你响彻远方的歌声
让我从此再也不会迷失
其实,我最亲爱的
我已不怕失去光明
在你和我之间
聆听创造了所有的光芒
甚至洞穿死亡的屏障
我宁愿永远生活在黑夜里
只为你的旋律更加动听奔放

2019年10月

蒲公英

欧阳黔森

世界突然小了
小到只有你
和一朵银色的蒲公英

我知道你为什么
那样痴痴凝望
因为你在编织一个开满花
却又羞红了脸的童话
童话的开头总是那么不幸
泪花纷纷在笑靥里绽放
因为你的深情
童话才得到升华
因为你的执着
不幸都成了美好的源泉

呵！少女甜蜜地微笑了
把蒲公英托上唇边
吹口气 一枚枚小小银伞
带着少女绿色的遐想
徐徐飞向空中
去寻找童话上的土地
不久世上将流传
少女编织的春天一样的童话

原载《西湖》2019年第10期

偶 然

丘文桥

说是寂寞
却满眼繁花
内心里花枝招展
抬起头，已是深秋

背影拉长
倒映在夜景里的湖面
再也抵不过一张随风飘来的树叶
落入水中
偶然，泛起的涟漪

2019年10月

春日汾河

荫丽娟

这半融的冰水
是被几只初下河的野鸭子
扑腾开的
一小截枯枝——
要在冰河炸裂时,把自身
投入,最后一次沉沦

……纸上也有河心。当我拿起笔
试图把有限的目光,鱼线一样放得
更长远些
文字一步步行到深处,倒春寒伺机而动
我的东流水,请也不来
几朵芦花去年就白了头
委身冰面很久了,像着笔处的无力和苍白

写下最后一行就该到河岸了
可我还没有捧出身体里的喑哑
比如那堆下不了河的碎石头
羞于注视,自己的棱角
比如河面上残存的一点雪光,从早到晚
就想在人间,小试锋芒……

原载《诗刊》2019年第10期

危崖现身

李林芳

山涧曲折回环，小路隐约
这漫长的铺垫
流水舒缓，涉水石不动声色省略掉絮叨
绝路处，鸟儿屏声敛气
危崖现身
以不可企及的高度，倒提了人间

危崖在潭水中现身，在山谷的低声部
在止息的瞬间，在镜中
一把古剑，如神来之笔
从时光的深潭里，慢慢抽出了它的锋芒

原载《山东文学》2019年第10期

麦 子

王文雪

"你先于风,弯着腰在笑"
那是我钟爱的味道

我们聊起收成,聊起温饱与微笑
除了黑色的土地,还有一片金黄
有老屋的烟囱,和举着背篓的人们

我们言语着,要在下一场大风到来之前
对一片麦浪,狠狠贪念

2019年10月

达玉部落寂寞的夜晚

周占林

夏天的火热被夜晚的凉风打包
让达玉部落的夜
一下子冻僵
这个寂寞的夜晚
一个姓周的诗歌工作者
无限怀念北京的夏天

草原早已打盹
那些反刍的牛和安眠的羊
都与这个夜晚无关
我的体内此时最需要的
是一座随时可以爆发的火山

想到寂寞,想到夏
身体被黑暗吞没
枯寂的数数中
多想听到草原上哪怕是再小的昆虫
来一神曲
拯救暗夜里渐行渐远的思念

2019年10月

近 况

周园园

窗外一阵低沉的音乐响起来
我整理好灶具、餐桌,转过头问你
是否听清了那近乎喑哑的乐声
你轻语一句:有人去世了,是哀乐
哦,是啊。仔细去听,还有断断续续的哭泣
在夜里,雨水来临前,梧桐树下的人群
迟迟没有散去
30岁了,我的身体越来越重
它背着贷款、工作、账单,以及
正在到来的恐惧和死亡
它们像藤蔓,缠绕着我,也像陷阱
即使走了远路弯路,也必然走进
从古老星系蔓延的旋涡中
成为一只愤怒的狰狞的困兽
那天深夜,哀乐压实了体内的铅块
我做了一个奇怪而疼痛的梦
我的手长满倒刺
撕掉它们让我愈加痛苦

2019年10月

去丽江

高作苦

去丽江,她山高水远
肌肤胜雪,像爱情中迷人的部分

带去一个完美情人,用她柔软的腰
来做玉龙雪山的飘带,虽乘风扶摇
却迟迟不愿归去

在朴素的民居,将泸沽湖
一分为二,神仙抱紧我
抱紧山下的万家灯火,人世苍凉

去丽江,亲她一晚
用她雪白的肌肤,掀起一场又一场风暴
百鸟归巢,金黄的银杏列队走上山腰

去丽江,去挥霍金沙江的波浪
今夜,她如此冰凉,像我永不消逝的恋情

2019年10月

野牛图

马文秀

闯出的那匹野牛,撬开了
阿尔塔米拉山洞
这狂妄的家伙,究竟是谁家的?

西班牙居民,慌了神
蜗居法令纹的巫术情节
正如万年的洞穴,野性高于万年

躬耕荒山的背影
再一次被这兽群唤醒
绕过赭红、黑色还有褐色、暗紫色……
洞穴壁画蔓延出一种香火味

原载《诗刊》杂志2019年第10期

不要打扰一只麻雀的春天

霍竹山

不要打扰一只麻雀的春天
落在屋檐上的麻雀
其实是农历里几个快乐的音符

不见异思迁的麻雀
不嫌贫爱富的麻雀
忽高忽低从院落里飞起来
我多想叮嘱它们
能否带上我城市疲惫的身心

不要打扰一只麻雀的春天
柳眼儿里那一星儿嫩黄
我想最早一定由几只麻雀啄来
山坡那一丁点儿的绿
我想最早一定是几只麻雀吵醒
看着它们自由疾速地飞走
我突然感到一阵孤独

蓝格莹莹的天空
该有一座属于麻雀的白色宫殿吧
让一切美好
有一个安顿灵魂的地方

原载《诗歌月刊》2019年第10期

祖国（节选）

龚 璇

一
今日晴朗。说爱更无妨
那些风，那些雨，早已消失温柔之乡
此刻，阳光灿烂，叩问落单的灵魂

二
这些年，我从未失望过
从城市到乡村，时代的图表
精准定位，回旋示爱的曲律

三
有些人倔强地，在命运的航程
砥砺奋进。再添几节脊骨
以一辈子的微笑，做一个高贵的梦

四
此刻，不用谈论孤独，或者倦怠
巨轮的甲板上，人与鸟，熙攘而涌
为着内心的目标，礼赞觉醒的雄狮

十
我，怎能三言二语，提及祖国的版图
时间的纸页面，一些人无尽的穿梭
描摹最美的姿影。停驻的目光，何有疲倦

原载《雨花》2019年10月号

中国高铁

胡丘陵

一枝枝白色的铅笔
在神州大地的纸张上,画来画去
中国高铁,终于以汉字狂草的速度
在盾构的时光隧道穿行

中国高铁,曾经在蒸汽中哮喘过
中国高铁,也曾得过石油的疟疾
中国高铁,啃过德国西门子的汉堡
中国高铁,吃过日本新干线的寿司
中国高铁,在八国联军挖烂过的路上
也能行走
中国高铁,在大炼钢铁回炉的轨道上
也能运行
中国高铁,被几个人扳上岔道
校正后,也走得很快

中国高铁,一个乡村一个乡村打着招呼
中国高铁,轻轻地跟每一个城市聊几句
便风驰电掣

远方,只是三杯茶水的距离
中国高铁,使许多相思变成相聚
中国高铁,也使许多长痛变为短痛

一头老牛,抬头慈祥地望着高铁
也想跟着一棵棵小树,回到故乡
我和稻子一样生长太慢
因为中国高铁,我的性子急了许多
只是不能,揠苗助长

中国高铁如此舒适平稳
我却紧张万分
总担心
下一站,就到了老年

原载《诗刊》2019年第10期

过目不忘的湟中

王 伟

遇见。千百回梦中的高天厚土
众城的繁华不及你让人过目不忘
今天,我站在青海高原,圣地塔尔寺
漂泊的流云终于找到你的蔚蓝

湟中。一个古老的名字住在唐诗里
我的近亲,我好久不见的亲戚
我为你而活着,一生都在向你走近
我已约好十万汉字驻守你这座边城

爱你。不仅是因为你生长着我的梦
更有我深爱的人在你的街道老去
我爱过太行以东也恋过长江以南
只有湟中我愿用一生来长相厮守

2019年10月于西宁

我想居于自己的海里

施 浩

我一直企望居于自己的海里
管理这些鱼群和海藻
我企望这片海域没有鲨鱼
没有凶险的海生动物
甚至植物和水没有对周边造成任何危害

海里不存在设立行政区域
社区和单元都可以忽略
海里是通融的
鱼群可以共享所有的空间
包括劳动和自由徜徉
包括生活领地和经营场所
所有的模式和思想
应用在这片海域
便变成简单透明的世界

这里仍需倡导和谐生态
不是针对海洋内的生物运动
而是抵制自然界水和空气的污染
抵制城市生活垃圾和工业文明残留物的侵蚀

我以海的本性包容一切
我耗尽自己的内力
消磨外界事物的影响

让海平静
让海水的质量足以保证生物间的平衡

我想居进这片没有领域的海
与鱼群相互尊重

我想在这里建设爱情
生活简单。万物繁荣

2019年10月

射雕英雄后传

刘 频

射雕英雄死了
我记得他引弓的姿势
朔风在弦上飒飒作响
而恶雕还在天上
还在我们头顶高高盘旋
我多年身在江湖
藏弓已久
全然忘了射雕的秘诀
那恶雕终于耐不住性子
它一头俯冲下来
手把手教我修好一把残破的弓

写于2019年10月

十一月

11

书

梁晓明

书带着我离开木椅,门楣,书带着我飞
死亡与一件袈裟住在山上
我的回忆居住在影子倾斜的楼中
沿着黄昏衰老的人
向空中说出了姓名和一把灰

在诗中,我爱着一块布和蒙眼的走驴
我飞起或者跌落
总是在人类的碗筷之外
我低垂眼帘和时间并着肩在街上走
我将我的马献给光,将我珍藏的手
献给被黑夜禁锢的星星
给可怜的冬天一碗水

我在我细小的眼睛里坐下来,他里面有天空
我的灵魂是一棵树和一把土
我把自己疏忽在桌子上
灵魂带着我飞,他使我的脚离开大街
他带着早晨在每一个城头插秧

原载《诗歌月刊》2019年第11期

一眼望不到边的冬天

潘洗尘

从春天我就开始储备柴火
像老鼠一样
为冬天做着各种打算

谁知这个唇亡齿寒的冬天
来得太早
冷意也不是一股股的
它直接汹涌到你的骨头
和心肺

我只有不断地往炉膛里
加柴。加柴
以万不得已也要把自己
填进去的绝望和信心
——只为我的孩子们
能熬过这个
一眼望不到边的冬天

2019年11月

我来过,经过这样的天空

雁 西

阳光,海水
地中海,爱琴海,海都有一个响亮的名字
群山起伏
像我的心情,飞过的鸟,是我和我的
兄弟们在另一个世界的寻找
乐园。我多么幸运,我多次来过
罗马,佛罗伦萨,经过这样的天空
烛光在燃,钢琴在响
达·芬奇,米开朗琪罗,但丁
让我的心情飞飞扬扬
我最大的梦想
文字让忧伤在灵魂生长各种颜色的花
在幽暗的世界启示光亮
我骑着翅膀,光与影在翅膀上
在云上,在海上,我们只能选择静观或沉睡
通往更高处,不停地往更高处
我看见了雪山,风停之后,雪在化
黎明的时分,终结了夜莺的歌唱
我想写雨露的树叶,澎湃而无限的诗篇
翅翅将阳光劈成两半
分给我的两只眼睛
水流声和鸟鸣,看上去的幸福,也许
是一种最深的痛苦,而最深的痛苦
也往往生长出无数幸福的花瓣

在引我奔向女神，幻影，我在暴雨中
看见女神在雷电之中，我心痛不已
围着柴火跳动，暖暖的幸福到来
善良的人群不要向死亡低头
对于爱，隐喻了一切
暗影中我看见了玫瑰
指引了生的方向，和写下伟大的诗行
奔向太阳，披满阳光
我爱的人类，我倾慕的人类
就这样神奇和无限

      2019年11月写于飞罗马途中

庄子故里

孙　思

8月的商丘,下午5点的云水
在我看来,它们和青山远天同属一个类别
古人诗里的三秋树,在这里变成了二月花

庄子还立在两千多年前
他立过的地方,听那时的劲风吹
雪花落,看一枝梅上的雪
随着梅的形状,变成一弯浅痕

远处,山上那些石头
如哲学般深邃的石头,从不需要开口
就重过所有轻飘事物的石头
坐在上弦月里,淡淡的
有着世外的沉静和清凉

很多时候,你一定理解
人欲静而心不止,只是你和我不一样
我会弹奏,却无曲可以自渡
而你却渡己,也渡人

2019年11月

你听到我的呼唤了吗

孙晓娅

唤了你许久才下来
姗姗来迟的柔羽
轻轻抚摸大地冻裂的伤口

谁将梦幻挥洒给暮宇
精灵悄悄从天庭溜到人间
在路灯问候中
飘落雪白的往事碎片

神秘的生灵，从来
不为自己悲忧
只为众生流泪

2019年11月

在飞机上遥望故乡

曹 谁

飞机在故乡的头顶经过
我看着连绵的大地
伸手去触摸却又遥不可及
我在起伏的褶皱中
寻找我出生的地方
那些山峦多么相像
我的眼睛突然变花
我躺在床上看着天花板上的纹路
想到什么就能看到什么
我恍然从童年醒来
现在是在万米高空看着故乡
我像云一样飘过故乡
我们这一生像云一样飘过地球

原载《青年作家》2019年第11期

爱　墙

冯　娜

蒙马特高地半山腰的一个小公园里
一面蓝色墙上
用311种语言书写着"我爱你"

——人类是多么渴望爱啊
从城市、部落到偏僻的海湾
混杂着大多数人终生不会精通的语言

从生涩的语法中得到爱
比起砌一面爱墙，更加艰辛

每个人寻找自己熟悉的语言
他们默读着自己的心
——但我知道这不是爱
太过秘密的事物，不再需要爱的躯壳

我寄望读出陌生语言中的"我"
那是看不见的阴影，旅行中的浓雾
是我感到悲伤时"你"的音节
是建造者未完成的遗愿

我坐在一个无人说话的公园里
我替你感到悲伤
——我知道，这也不是爱！

原载《诗刊》2019年第11期

一个比生命久远的名字

千天全

有人说你是个傻子
傻得像你那双补了又补的袜子
你会弹琴写诗也想过女人
偏偏去做一颗将自己钉牢在理想上的螺丝钉
螺丝钉，螺丝钉与春神无关
春色却在你的名字上勃发出昂然生机
四下蔓延的绿色染浓军营
大江南北的和风温暖了百姓
干瘪的岁月饥渴难忍
六亿同胞分享着你的甘霖
从将军到士兵，从国家元首到平民
人人由衷的向你致敬
你的名字，成了中国的一个大姓
亿万双血脉相连的手
在广袤贫瘠的大地上播撒春雨
是的，这是中国的一个现代神话
创造它的，是你这个普通的士兵
你没有身经百战成为英雄
西点军校招生广告贴着你的英姿
大洋彼岸的青年们呼唤着你的名字

你只活了二十二个年头
留下一个比生命久远的名字
没有面具的名字

微笑着阳光四射的名字
你的时代已经消失
庆幸,不少傻子继续在你走过的路上
大大小小的脚印覆盖着你的脚印
傻子们在嘲笑声中继续犯傻
用善行傻出了与邪恶抗衡的人性
让关爱傻出了比财富宝贵的真情
多灾多难的中华大地上
傻子们傻出了民族不衰的活力
至今,你的名字——雷锋
还是我越读越新的一个词条
中华现代汉语大词典上不能没有你
你是理想与高尚的注释
博爱的同义词

            2019年11月

世界是一出皮影戏

关　雎

一个大趔趄　越野车就把我们甩进沙漠
一只只小脚丫　争先恐后　踩出雁形的图案
钻进沙画　一溜烟儿

一群叽叽喳喳的女人
胸前的丝巾有节奏地飘飞　仿佛雁翼
风儿踮起足尖　带动她们的裙裾和长发
摇曳　飘逸　翻卷　画中画

半完成的天空　与大地合拢
戴礼帽的男人们　化为经幡　腾跃
爬行的蕨藜　散落于沟壑
仿佛一小段一小段蚀刻的梵文

宝古图　在皮影戏里一隐一现
沙漠城堡　高大温顺的骆驼
驮起人类不安分的快乐与憧憬
推动时间的转经筒　一圈　又一圈

哦　天空是我　沙漠也是我
万物皆我　我思　我在　我非我
世界是一出精彩的皮影戏

原载《边疆文学》2019年第11期

一湖湛蓝的水

和克纯

一湖与蓝天一样湛蓝的水
引来了无数远方的鸟
寂静的高原湿地瞬间成了百鸟之乐园
五光十色的羽翎与皑皑白雪交相辉映
一个奇幻的世界
增添了原野醉美的神韵
平添了故园浓郁的诗意

            2019年11月

藏羚羊

胡　畔

你高昂着头凝视前方
前方，是客厅的另一面墙
墙与墙的空间里
你为主人装饰亲近自然的姿态
而你永远失去了故乡
草原、蓝天、白云
成了滴血的记忆
无法逃跑了
利刃下你失去血肉之躯
留下的头骨被人镶嵌珠宝
以艺术的名义
牢牢地钉在豪宅的壁上
锋利的头角再也不能自卫
你双眼留下的空洞
无法看穿人类的残忍与虚伪

2019年11月

打石谣

浪行天下

必须在錾凿声中,把他们区分开来:
泡沫、浮沤、浪花、咒骂者
与赞美者;必须在弥漫的尘粉中,甄别出
青草的气息、粮食的芬芳、牛羊粪香
芸芸众生里人渣的恶臭;必须
在这些沉默的石头中,找到花朵、灯盏
被禁锢的佛和圣人;必须在
越来越像众生的雕塑中,辨认出梦魇
呓语者、疯子和刚刚醒来的诗人
是的!必须在声声慢的锤打中
让梦境中坠落的死鸟,重新长出羽翼
让记忆中的落叶,一一返青
这浩大的打石声,多么像汤汤流水
在最后的荣光前,仔细清理好
石头中腐烂的肉身,那不再含钙的骨骼
找到核,找到舍利子般的诗句
——哪怕,月光照耀大地一样,一无所获!

原载《草堂》2019年第11期

与植物对话

李永才

天道无常。某种植物的
一个简单的念头,就可以轻易颠覆
万物的呈现方式
比如,一个城市的植物和建筑
不约而同,在空中聚首
人间的光芒
就会淡如秋后的果仁
我不喜欢,那些过于张扬的公寓
它们会遮掩人类的真相
在另一个天地里
现实与浪漫的,每一次对话
都会产生不同寻常的错觉
仿佛蔚蓝的气球,布满黄昏的天空
在时间的流动中
相似的色彩与不同的形状
都会编织出
一些随心所欲的故事

2019年11月

心无际

梁　潮

不要让白日梦忽远忽近
还没有来得及　稍纵即逝
没有白云边上的羽毛
也要让风筝飞上高高的天空
不是如何放长线
连手心里面的长线也一起放弃
抛下全身轻重的负担
伸长想要飞的手臂
打开衣袖　翅膀飘呀飘起来
迎面吹来尖顶上的风势
空中的每一个方向都是空中
每一回来处去处　总归要过去
越飞越高　越来越渺小
消失在天上没有尽头的边际

2019年11月

诗 篇

徐柏坚

在年老前
将我写的一百首诗
放进一百个漂流瓶里
在破晓之前
从大海上漂走
漂向大江南北，五湖四海
在黑夜里
漂过万家灯火
寒冷而热烈的诗
由大海出版社发行
漂流到全世界的海洋中
苍穹之际，群星之间
隐藏着我的诗篇

原载《诗现场》2019年第11期

夜来香

石立新

这日落之后的赠予——白昼的邀请
很多年前,就是一个不会降落的幻觉

在月亮沉没之前,要说出羞怯
要打开皮肤的每一道暗门。契约这个词
在摇摆不定的人间,是恒定的光束

良夜有温柔的屋顶
皎洁是危险的知己,你出没如无人之境
像任性,也像女孩指尖的犹豫

原载《草堂》2019年第11期

望　海

王爱红

这一刻是休止符
世界无比宁静
楼下腾出一块空地
终于平整了出来
仿佛须臾所为
像随手从打字机上抽出的一张白纸

凌乱的棚户就是一件藏品
收藏着一种空旷
这一刻,我觉着世界是美好的
虽然,这雨后的笋
就要拔起的建筑
会阻挡我看望大海

但是,海水早已经透过指缝
渗进我的梦里,我的远处

原载中国诗歌网2019年11月

一条等待河的船

夏海涛

当船　重新退回铁
退回红色的铁锈
退回一颗颗翻转的铁原子
那个镶嵌在天穹里的宝石
依然灼热

我们无法得知
一艘船　是如何丈量水的时间
当船在河上漂流时　它自身的重量
它所拥有的温度和表情
一定比太阳低　比风要轻
它摇动的水声
只有河能够听清

而它躺在了沙滩之上
收起了翅膀　像只受伤的蛾子
扶不起自己的悲伤
船与河是要相遇的
它不知道河就在身后
它没转身　终究错过

等待　并不是孤独的敌人
船常有
而河却并不常在

原载《海燕》2019年第11期

走李庄

熊游坤

李庄没有桃花，但满街都是绅士
这里游人不多也不少
结伴而来的都是有学问的人

李庄不富也不穷
蹲在街边可吃白肉
站在岸边可看鱼影
还可敞开肚子狂喝长江水

那些长得好看的女人
虎咽两碗燃面后
爬上树枝与花争宠

从这里流进长江的水不会走很远
它只需走一万里路
就可变成流云
再回来看李庄

2019年11月

姓

马慧聪

我姓马
我这一辈子
就应该像一匹马
跑啊跑
等哪一天跑不动了
我就坐在草叶子中间
一把火化了自己
省的活下来
活受罪
而在我的对面
一定要有大海或者溪流
让我看得到

2019年11月

对 话

杜 杜

谁把我的新夜叫醒
一天变得很长
风很大
短发吹成了长发
内心的落叶
也吹得稀里哗啦
有果子结实地挂在空洞的夜里
像星星点灯
有人骑马送我入梦
一分钟就离开了世间种种

2019年11月

停电了,思想在黑暗中奔跑

黄晓园

没有电,夜很得意
像蝙蝠四处飞翔
将视线封得严严实实
屋子里一片漆黑
电视、电脑、手机
鸦雀无声
世界静悄悄的
纯净极了

没有了世界
或世界已空无一物
所有空间
迅速被思想占领
情绪呀灵感呀观念呀
一股脑儿冒泡
暗流涌动

我开始思想
没有客观物象骚扰
没有嘈杂的声音
只有心跳叩击脉搏的节奏
妙哉!美哉
谁能阻止我天马行空
在思想中奔跑

2019年11月于庐陵

旧农具

徐良平

看见那些旧农具
我就想流泪
那也是我用过的农具啊
铁锹，锄头，簸箕，扁担
它们曾天天陪伴着我
我柔软的肩
怎能承载这样的重
只是在心中呐喊
给我力量给我力量
而我总是在苦与乐中彷徨
今天走进清华北大
江西南昌分校
更深刻地体验到
在苦难中孕育辉煌
是如此壮观
又是如此地让人景仰

原载《南昌晚报》2019年11月29日

拉市海

周 杰

没事的时候
就带孩子来拉市海
其实，所谓的海
只是一个湖而已
水很清澈，草很柔软
我的孩子一会儿把手伸进水里
一会儿在海边奔跑，跳跃
大呼小叫，小小的胸膛起伏着
兴奋得涨红了脸
像一条在岸边
奔跑的鱼

我欣喜于孩子对海的亲近
我孩子的身体里也有一片　6岁的海
和一颗波光粼粼的心　此刻
春风缓缓地吹
阳光照着
一直照到海底

2019年11月

十 二 月

对我们而言……

吉狄马加

对我们而言,祖国不仅仅是
天空、河流、森林和父亲般的土地
它还是我们的语言、文字、被吟诵过的
千万遍的史诗

对我们而言,祖国也不仅仅是
群山、太阳、蜂巢、火塘这样一些名词
它还是母亲手上的襁褓、节日的盛装
用口弦传递的秘密、每个男人
都能熟练背诵的家谱
难怪我的母亲在离开这个世界的时候
对我说:"我还有最后一个请求,一定
要把我的骨灰送回到我出生的那个地方。"

对我们而言,祖国不仅仅是
一个地理学上的概念,它似乎更像是
一种味觉、一种气息、一种声音、一种
别的地方所不具有的灵魂里的东西
对于置身于这个世界不同角落的游子
如果用母语吟唱一支旁人不懂的歌谣
或许就是回到了另一个看不见的祖国

原载《诗歌月刊》2019年第12期

阳光集（节选）

姚　风

一

太阳的腰间，皮毛柔软而斑斓
在此，我用我的手
找到你的手
我们和阴影一起劳动

五

今日，阳光有十根手指
即使在海水中
也感受到
它们的每一根手指在把我抚摸
这是完整

六

阳光看似一样
其实，它从不重复自己
今天的阳光，只能属于
2019年12月20日
而这短暂，是永恒的一部分
短暂与永恒，无时不在相恋

2019年12月

忆张枣（1995）

蔡天新

当他出现在早春的西溪路口
昏黄的路灯照亮了金丝眼镜
那一年他还不满33岁
身材却不慎已经提前走样

在六公园的三联书店门口
他圈地而坐，仿佛回到宋朝
那个打坐的花和尚鲁智深
但他只喜欢悬满干鱼的木梁

他来到孤山的林和靖墓前
眼前瞬间显现出零落的梅花
他热爱迷醉腐朽的夜生活
并不适应西方教徒们的彬彬有礼

他最爱的是白公的杨柳堤
把断桥当成自家的门槛
可惜始终未遇见小小的妹妹
他看起来不像是公子哥们

2019年12月

北 京

中 岛

生活在北京
却被北京南站困住
我被匆匆的人群困住
我被迷失困住
我被手中的可乐困住
我被行走的时间
困在一个时段里
困在我自己的死亡中
我在22点前死亡
在22点后苏醒

坐上高铁
逃离北京
我会在另外一个城市
想着我的妻儿
想着他们
在我的生命里
一刻也没有离开

2019年12月

航海志

卢卫平

读航海志时
我会用蓝色墨水的钢笔
在纪录沉船的文字下
画上细小的波纹线
我用这种方式
标出沉船的位置
我希望大海永远像我画出的
波纹线一样风平浪静
那些千百年来的沉船
在这样的波纹间
浮出海面

2019年12月

走进梦里的人
——赠台湾郑愁予诗家

安娟英

溪韵蛙鸣在我心海交响
当梵音禅意连接心灵
我曾在梦中与灵性和向往
融为一体消失……
冥想音乐中你的神情
呈现天籁的精彩
不止是你独特的情怀
却是你的精致大气
幽雅和玫瑰园的馨香
更是你深奥真功内在的律动
世间有种纯净让人超然物外
法性的虔诚缓缓融进七尺琴弦
返璞归真的风自由地掠过
弥漫高山流水淡淡的清香
咫尺天涯是谁
此时此刻
不知身在何处？
倘若你真听见我心灵的交响
便是我——
空即一切的顿悟之时

原载《作家报》2019年12月27日

转山节

鲁若迪基

当日月飞速旋转
星星四溅开来
镶嵌在广袤的天宇
夏天的雨
开始梳洗绿草的发辫
布谷鸟的叫声
催促人们
顺着河流
顺着起伏的山峦
走向化为狮山的女神
让那些悬浮在高空的耳朵
聆听柏香里的低语
让那些经幡上的经文
在风的嘴里
不停吟诵
人们一次次匍匐下来
让大地感触
一颗颗心的坚韧和辽阔
……
如果这时候
有雨落下来
人们都相信
那是女神不小心
又想起了什么

原载《人民文学》2019年第12期

王一样的男人

宝 兰

如果女人射出弓箭
他会迎风站立
不躲避　不退让　等它击穿心脏
让她看见男人的红

如果女人发射导弹
全世界都会落满种子
他愿解甲归田　做一个农夫
守几分薄地　等着花开

他说　让女人上战场
是一个民族的伤口　一个国家的失足
一个男人的山穷水尽

原载《特区文学》2019年第12期

葡萄精灵

远　岸

葡萄精灵降临
并酝酿飞翔

花儿酣睡
等待不再虚空

微醺
从深谷到云霓

古希腊的誓约
欧罗巴的荣耀
那帕谷的盛夏

葡萄藤
蜷缩　伸展
断裂　重生

内在的节奏
形体摇动

六千年时空
最简单的元素
最复杂的图腾
最甘美的暗示

地老天荒

2019年12月

黄河入海口

韩庆成

愿意，还是不愿意
都是要入海的

人们在这五个字前
抢着拍照
他们不计较这五个字
不过是一块石头

真正的入海口还远着呢
但我们都已止步

此地的黄河　就这样
被决定为黄河入海口
刻在石头上的五个字
是红头文件
也是圣旨

黄河在这里
固守着它的黄
它磨蹭着
浓墨重彩的黄　笨拙到
仿佛已不能流动

再黄
也是要入海的

原载《现代青年》2019年第12期

巴青,一顶巨大的帐篷

陈跃军

风从象雄刮来,驱赶着一群流浪的雪花
一顶巨大的帐篷站立在历史中
时间的门开着,主人换了一个又一个
琼布家族的叹息,霍尔王的豪言
都已烟消云散、无影无踪

谁打碎了夕阳的染缸,霞光
染红了草原,染红了姑娘的笑脸
炊烟袅袅升起,羊群开始回家
我像一只迷途的羔羊,任凭怎么哭喊
只有星星和月亮同情地看着我

黑夜像一头巨大的野兽,吞没了草原
吞没了故乡,最后也吞没了我
我又想起了那顶温暖的帐篷
想起了卓玛那软绵绵的胸脯
和那生生世世的悲欢离合

原载《长治日报》2019年12月15日

与菩萨聊天

谷未黄

过去的时代对我来说不是一个仁慈的环境
"我们消灭了贵族,却剩下了流氓"
有人对全球格局和未来的趋势做了预测
当下所面临的最大危机是
人性危机。其中一个细节例证
一位卖白菜的老人,一次次努力地俯下身子
护着地上被践踏的白菜
每次都被人一脚踹倒在地。老人挣扎着
爬起来,再被踹倒……
一位自食其力的老人为活命
在努力挣扎。菩萨,现在他跪在你的面前
没有说一句话!别的香客衣着光鲜
求财,求福,求生
而他,一句话都没有了
一直跪到,与菩萨的表情一样
你真的不感到羞愧吗?

2019年12月

沙 事

孔令剑

沙子美妙，每一粒都美妙
无比，像小的不能再小的孩子
每一粒都干净，轻，淡
在阳光下微光闪烁
仿若世间最小的真，最小的善
一粒一粒，它们半睡，又半醒
躺在呆呆岛的沙滩上
一副无论古今
随遇而安的样子，走过它们
就像走过——记忆，深一脚
浅一脚，就像年轻的父亲
再一次，从童年走向大海

原载《诗刊·上半月》2019年第12期

在春天

胡建文

在春天
我常常遇见阳光
温暖的水,清新的空气
自由自在的鸟的精灵
翅膀展开辽阔天空
它们从远方来,又振翅飞向远方

在春天
我也遇见冬天里曾遭遇的
苍茫飓风,无边落叶
遽然而至的暴雨、雪和冰雹
彻骨的疼痛
黑暗深处的恐惧和死亡

在春天
我看到:青草总是迎难而上
树根固执地向下掘进
花朵的光芒
坚持照亮内心的天堂
我的心无法继续沉默
它说,请让我像河流一样奔腾、歌唱

原载《诗歌月刊》2019年第12期

失　眠

刘　卫

开班第一天,失眠的魔鬼来敲门
我很想知道
魔鬼和咖啡是怎么过日子的

我在它们身上找不到帝国主义者的霸道
但它们碰疼了我的宽额

夜晚全是炮火的硝烟
藏身的堡垒全是门窗
使我打不开
时间的锁

2019年12月

暮色将临

漆宇勤

这空旷的房间关着窗
我担心会窒息一个肺活量太大的人
透过坚硬的玻璃远望
行道树的秋色真美,像城里的亲戚
同样的润泽和金黄,总觉得还隔着些什么

初冬的雨天若关上灯
整个人间便没入黑暗之中
方正的建筑隐约欲化
另一些建筑在灯带的勾画下轮廓明显
而房间里用力呼吸的人只盯着远山不转眼

山上的草木太多太厚
似乎要将整座山压塌
在遥远的北京城,我看见公交车上
疼爱孙子的老人将座位捧给孙子
然后等待别人的孙子给自己让座

原载《诗刊》2019年12月上半月刊

你来了,爱情就到了

丘树宏

我在巍峨的大雾岭等你
等候成高峻的小山岗
你从密密的森林花丛走过
只留下一声声松涛鸣响

我在蔚蓝的南海等你
等候成古老的博贺港
你从长长的海上丝路走过
只留下一波波拍岸波浪

我在悠远的小东江等你
等候成耸立的大香樟
你从高高的凤凰木旁走过
只留下一阵阵荔枝花香

啊,今天
我在美丽的浪漫海岸等你
你来了,爱情就来了
带来了我们无限的思念和希望
你到了,爱情就到了
带来了我们永远的期待和梦想

2019年12月

楼道上的卡夫卡

涂国文

1942年某天晚上
卡夫卡被卡在了布拉格某幢楼房某层楼道
拐弯处的黑暗里
楼房不知是保险公司还是他的故居
反正他当时就像一只被风干的甲壳虫
嵌在楼道的缝隙中

这个怯懦、孤僻、忧郁的保险公司推销员
看见脚下自己的尸体
狐疑着是该继续下行还是该返身上楼
我这样推断应该没有逻辑问题
他尽管终日躲在蜗居中
但也肯定出过门,并且上下过楼道

事实上历史上并没有上演过这一幕
事实是2019年12月10日晚上7点30分
我下楼散步时,在楼道转角处
看见楼道上斜伸的一抹灰影
我突然想起了卡夫卡
突然幻觉自己就是他

2019年12月

三亚湾之夜

王芳闻

三亚湾
如林桅杆
把云扯成风旗
暮色跌进海里
用浓墨晕染暗夜……

三角梅忧心地垂在水面
像惊恐的新娘,看见水妖
在风中微微战栗

那一舟渔火
点燃了哪条鱼的心房
争相跳跃,扑通扑通
在水面,写满一圈圈湿漉漉的波纹

2019年12月

冷 焰

吴海歌

无法将自己,从火焰中剥离出来
就像,无法将雨水
从河流中剥离出来一样
我们是雪
参与了一场雪崩
在踩踏中
制造了一场灾难

默默地细数
寒冷,和嚓嚓——
来自天外的踩踏声

我们飞跃,从大海到峰岭
我们飘浮,坠落
在这茫茫雪野
自己,把自己
堆成雪冢
等待分裂,融化,消失

踩踏声来自天外
而毁灭,来自怨
或一双翅膀

2019年12月

时间的同行者

谢小灵

在闹市,很难见到云彩和影子
只有陌生人
我却能够深深感到非凡的宁静
偶尔见到一条狗
也是独自走着
好像从小就过着晚年生活
连笼统的悲伤在狗纯洁的黑眼睛里也看不出来
它比时间更傲慢
夹着尾巴
跟着自己的节奏在走
它过得不错

2019年12月

拳 师

徐 庶

除了拳,什么都被他砸碎了

拳师推开山峦
拉回羊群,他屏气
把呼吸还给水

拳师一生致力于
不用拳说话
他要做的是
把附在身上的跳蚤、臭虫和蝼蚁
推得一干二净

不用拳,他什么都不干
什么都不干,就是打太极

原载《人民文学》2019年第12期

这个下午

野 岸

这个下午,江边坐着一片寂静的孤独
一只白鹭在江面上翻飞,它在寻找什么?

昨夜的霓虹在天亮前就躲进了苇林深处
像爱情,在小雪的节气里变得薄凉

站在江边吸烟。看着春水流经冬天
它们缓慢、从容,不像岁月那么急促

时值中年,我仍然喜欢独坐岸边,眺望未来
虽然我已到达,我想还会有更遥远的未来

多年前我就来过这里,江里还有我的倒影
它已不再惊涛拍岸,只是轻轻翻腾着波纹

一路走来,一些熟识的面孔已变得陌生
一些陌生的人再难相遇,一如从前的江水

2019年12月

麦 茬

苇青青

小麦一夜之间被收割
留下齐刷刷的麦茬，立于天空
像远嫁的少女
把望乡的哭泣留在村口

就让这一茬一茬哭泣
裸露在天空
就让这一阵一阵风
刮过伤口

大地深处
河流忽高忽低
路边的叶子
翻拍命运的手掌

一截麦茬
一个断臂维纳斯
一层大地疼痛的腹语

2019年12月

生命的号子

张应辉

需要原始的号子唤醒
来自深山的粗野
来自地火的炙热
你们劝说徒手,空足
保持躯体的健硕
只为乐享延年
我挣扎,铭记
父亲教我的号子
劳作,汗水,果树的诚实
那时,号子在田野疯跑
之后,号子呼喊成家立业
而现在,号子在文字间穿梭
塞满脑壳的缝隙
为每天的晨曦呼号
做一朵因劳累而陨落的流星
不再为一块僵硬的巨石
雕刻精美的躯体
哪怕遭遇黑暗

2019年12月

在黄昏时起飞

祝雪侠

黄姚之旅,美好回忆
古镇的民俗风情
刻画在脑海里,千年古树
诉说着历史与神奇

回京了,会议结束不舍离去
夜幕将大地,渐渐淹没
晚霞点燃了天际,在高空翱翔
七彩霞光满天飞舞

大地渐渐变得神秘
我屏住呼吸,看窗外
诗意朦胧,夜晚
对大地一片深情

飞翔在黄昏,看飞机外
城里的月光,一颗星星
挂在天空,与宁静的夜晚对话

我的心变得浪漫,此刻
仿佛驾着,七彩祥云
从南国的青山绿水
飞往北国的雪舞花飞

延误让漫长的等待
变为一个美梦，洒落在
黄昏起飞的时刻

2019年12月

照镜子

蒲小林

早上起来照镜子,只为看看脸上的
瑕疵和污垢,偶尔也看看前前后后的
身外之物
但不能靠镜子太近,太近了
人所看见的,只是放大了的自己

离镜子远一点,自己就小一点
自己小了,里里外外更能看得明白
但又不能太远,远到完全看不清
自己了,洁白无瑕的镜面上
人就是个污点

原载《人民文学》2019年第12期

晋　祠

雪丰谷

跨入晋祠，鞋底也生风
恍若一块飞地
泥土缅怀蹄迹
草木肥美
就连清晨的鸟鸣
也能席卷万马千军
我来的时候
钟声攥紧一只拳头
如同打铁的工匠
抡起一把锻剑的大锤
绝句四溅，散落于民间
在晋祠，光线似乎开了刃
削铁如泥
我发现自己的倒影
经过难老泉的藏锋砥砺
浑成一阙瘦金体

原载《江南时报》副刊2019年12月2日

抓　周

萧　风

在你周岁那天,全家人为你举办了一场传统的纪念仪式。

妈妈为你换上一身新衣裳,奶奶为你梳了平安头,爸爸拿着相机准备抓拍瞬间的惊喜。爷爷在小圆桌上铺上红布,摆上网购来的抓周用品:毛笔、书本、印章、算盘、玩具、包子等物,只等你伸出小手来抓。

面对一桌子的诱惑,你兴奋不已,拿拿这个,摸摸那个,全家人的眼睛紧盯着你的小手,看它会在哪里停留。

第一次,抓得最久的是印章,你爱不释手的样子,赢得全家一片喝彩;第二次,你紧紧抓着不放的是毛笔,掌声和笑声再次响起。

奶奶说:"这丫头,官运与文才兼备,将来肯定有出息!"

在满屋子欢声笑语中,只有你若无其事,不惊不喜。哦,宝贝,因为你还太小呢,还不懂亲人们殷切的期盼。

但我想,将来有一天你会懂得:其实"抓周"抓的不是什么前程,而是一份浓浓的亲情啊!

原载《散文诗》2019年第12期

野豌豆

徐　明

紫色的小花
恣意开放在故乡山冈
懵懂年少起
就知道那是野豌豆
哪知千年之前
就有了薇的雅称

采薇采薇
曰归曰归
边塞思乡低吟
心心念念那朵小花
花开花落
归去依然无期
待到风雪返途
近乡情怯
空留满腹悲凉
对野豌豆的苦恋
不，对薇的苦恋
成就了一部史诗

一个有雾的早晨
在故乡的山冈
我分明看见
野豌豆感动的泪珠

2019年12月

无 题

刘少柏

玄天勾画的内外之心
只有你
打开悬顶的化境之门
根与叶
花与逐水的鱼群跳动

而我攒集的片片风帆
在你圈定的不幸与迷惘中
直击形影飘忽不定的命运
神与人隔离的尺度
在我交融于火的刹那间
与天行的圣杯震撼同行

想起那些拍空的击水
想起那些骤然响彻的飓风
想起那些刻骨铭心的瞬间
谁突入你燃情至上的巅峰

我为你长歌起舞　为你
延续万世的引擎祈祷献颂
那投向天穹的如火热情
血之力引爆的翻转鼓声
你在催生惊艳的彩蝶亮相
而非舔吮海的裸露碑文

2019年12月

今日关注

北　斗

谁有金方
让战争和哭泣得到根治
没有悲伤
没有绝望

谁有秘方
让权力与财富得到温度
没有流血
没有仇恨

谁有良方
让和平与发展得到延续
没有战争
没有罪恶

2019年12月

连接之物

迥 迥

你说:"我第一次对你感到陌生"
我怔怔,仿佛失去了
夏日流萤般的光亮

在时间奔流中我站立行走,日日饮下
浓茶、咖啡、虚妄的交谈,两三样忌口之物
足以锈蚀千年的风骨。字如鹤,振翅飞向
温暖之地。我留在原处,迎接大雪节气
预示的低温严寒。万物寂寥,不可名状

时间安顿了万物。更为强大或者
虚弱。这是你我隐秘的连接
这是力量、耐心和欢乐的起源
这是预言。我安于接受
你对未知的安排

2019年12月

变色龙

许耀林(澳大利亚)

一切都在有序与无绪中交错
生活是四角八面体
面对生活中的方方面面
人们都学会了分身术
从微笑到气愤
从南方到北方
从右边到左边
生活从而变成不规则形
做个人　比做任何动物都难
于是
地球上产生了各种各样的变色龙

2019年12月

新主人

裴郁平

一场大雪下得很厚
雪花们数着自己有几个雪瓣
院子里站满了堆雪人的孩子
女娃娃堆出了美丽的公主
小子们堆出了帅帅的王子

宠物狗也出来散心
高大的金毛犬呆呆地望着
雪地里怎么有这么多的王子公主
一条老土狗也发起了呆
怎么有这么多不认识的新主人

2019年12月

后　记

由我主编的《2018年中国新诗排行榜》由陕西师范大学出版总社出版以后，获得了诗坛人士的广泛认可与肯定。由此，我与陕西师范大学出版总社结下的诗歌缘分更加深厚。在2018年年初，我的五卷本诗学著作《在北师大课堂讲诗》由陕西师范大学出版总社一次性集中出版，获得了诗歌界与学术界的普遍好评。我能够连续与一家在业内享有良好声誉的出版社合作出书，而且合作双方非常愉快，这只能用缘分来解释了。当然，这种缘分的缔结，主要还是源于陕西师范大学出版总社有关领导对我本人的器重与抬爱，在此道一声谢谢了！

我主编年度性的"中国新诗排行榜"自2011年开始（2011年与2012年，我主编的这部选本名为《中国诗歌排行榜》，2013年，我将之更名为"中国新诗排行榜"，因为我认为这个命名更为精准），在这么多年的编选过程中，我一直坚持自己的编选原则，概括起来，那就是纯粹性、审美性、开放性、包容性、国际性五大编选原则，以凸显自己与众不同的编选特色。

与往年一样，承蒙海内外广大诗人朋友的厚爱与支持，这部《2019年中国新诗排行榜》收到了大量的来稿，远远超出了一部诗选所能容纳的篇幅。在选诗过程中，像以往一样，我秉持一种颇为严格而又相对开放的诗歌审美鉴赏与编选标准，以便让各种风格的优秀诗作均能进入我的选本。同时，我本人在选稿时，特别注重发现与扶持一些诗坛新秀与名气不大的实力诗人，为他们提供在这个选本中"亮相"的机会（由于当下优秀的中国诗人非常之多，因而客观而言，他们能够在这个选本中"亮相"还是非常难得的）。我想在这里再次强调一下：由于选本的篇幅所限，按照我编选年度"中国新诗排行榜"的惯例，每位诗人我只选出一首我所欣赏的诗作进入这个诗歌选本。同样，限于选本的篇幅，本书侧重收入精短作品，一些篇幅较长的好诗只得割爱。这一点也是我本人多年编诗的一个准则与自我规定，希望诗人朋友们了解并熟悉这些我编选"中国新诗排行榜"定下的规则。

　　本书的编选过程，始终伴随着海内外诗人朋友们给予我的极为热情的支持与肯定，这给了我从事诗歌编选工作的巨大动力与空前信心，在此谨向他们深表谢意！借此机会，我要向陕西师范大学出版总社的有关领导与责任编辑表示由衷的感谢，他们对我编选工作的信任、宽容与支持，使我没有理由不将《2019年中国新诗排行榜》编成一部汇集众多优秀诗人与诗坛新人优秀之作的年度新诗选本。

　　陈琼、孙文敏、董旭、赵秦、张俊红、尹晓月、高琳、杜瑞妮、袁静怡、左昭、唐梅、邱维雯、罗桂生、温长荣、格勒阿呷、朱莉萍、彭文梅、温欣亚、易鸿春、张子煜等青年学子（其中部分人系我的弟子），以及青年诗人马文秀、王心妮、王珊珊、张玉芳、罗双霞在诗稿的录入及初步编排校对等方面，对我的工作予以积极协助，付出了不少劳动，在此一并致谢。

　　21世纪的中国新诗至今已走过了两个十年，自2020年开始，新世纪诗歌将跨入它的第三个十年。在这里，由衷地希望与祝愿新世纪的中国诗人们能够在新的十年里创造出为广大读者所期盼的杰出作品！

谭五昌

2020年3月3日

写于北京京师园

时值全国人民合力抗击新冠病毒疫情